胡聿

2022.1.12 上海

始于一次分神

世界文学时代的阅读与写作

胡桑/著

上海文艺出版社

目录

大海,全是水,仍然把雨承受下来
——"世界文学"时代的阅读与写作(代序)
001

来自爱尔兰的消息
001

最初的自由
016

在"准"的国度
035

爱情的废墟
069

肺叶上的睡莲
088

洋葱地窖中的眼泪
104

虚构的血液
116

被禁止的爱
126

我的名字叫城市
138

祖国旅店里的游荡者
156

"让言辞悬在空中":航渡者洛威尔
172

从远方我们领来自己的血缘
213

在清晨醒来
223

大海,全是水,仍然把雨承受下来

——世界文学时代的阅读与写作(代序)

二十多年前,在一个书籍贫乏的江南小镇上,带着盲目的热情,我开始了阅读与写作。现在回想那段时光,这种贫乏大概是命运的意外馈赠,或者,仅仅是我一厢情愿的自负。每每追溯过去,极度的不安就会顷刻袭来。我仿佛是一只瑟瑟飞翔的候鸟,一阵风暴便会将我打落海上;仿佛凝结在草叶上的露珠,一头幼兽便能将我碰落跌入松软的土中；仿佛一封随时会失落在狂野草莽中的信，那个投递的隐形人却并未觉察失落了什么——这封信，在密不透风的草丛里消隐，无人问津，衰朽、曲折、腐烂，溶解在泥里。实际发生的却截然相反，那只无形的投递的手却眷顾了这封信，轻轻捏起，缓缓托举起来。这是垂怜我对生命的热爱？我对成长的渴念？对他异世界的执着？

一、你必须改变你的生活

唯有一件事不容置喙，我开始了偷偷写作，写那些令人羞愧难当、恨不得早点焚毁的诗——终于有一天，早年的日记本和日记本里的诗歌，被我冷冰冰地扔进了家里的炉灶。纸页迅速在火焰里红得娇艳，转瞬之间化为灰黑的页页薄片。这就像珍爱的人却被一阵突然而至的风暴裹挟而去。尼采在《悲剧的诞生》里有一个句子——"你必须改变你的生活。"（*Du musst dein Leben ändern.*）后来，德国哲学家斯洛特戴克用来命名了自己的一部评论集。这个句子坚实有力，充满着诱惑——人，大概就是一种能够被诱惑而越出自身存在的动物，热衷于舔舐盈余的激情、收纳过度的愉悦。我曾译过沃尔科特的一首诗《遗嘱附言》，其中有一句诗：

要改变语言，必须首先改变你的生活。

（To change your language you must change your life.）

1997年，在浙江德清一中图书馆借得一本《最明亮与最黑暗的：二十家诺贝尔文学奖获奖诗人作品新译集》，是王家新、沈睿编选的。于是，第一次读到了沃尔科特的诗。我就像那只暴风雨中受惊的候鸟被卷向一座荒凉僻静的岛屿。这是获救？幸存?还是被抛入一个深渊?至少,沃尔科特的修辞是我闻所未闻的。他来自一座岛屿——圣卢西亚,陌生得让人不安。从那时候开始,我就要在这座岛屿和类似的无数岛屿上惊恐不安地存放我身上的盈余和过度。但我很快平复了不安。也许,我生性怯懦,必定只能在词语的激烈变化中去理解并占有别样的生活。沃尔科特的诗句也像一个在海洋深处起伏的岛屿,诱惑我去承受密林的影子和巨浪的声息,给了我乘坐高层电梯上升时的尖锐的失重感。在沈睿翻译的《风暴之后》这首诗里,我读到这些句子:

> 桅杆、箭、渴望、急促的心——
> 飞往一个我们永远无从知晓的极地,
> 苦苦追寻一个在自己的港口中,无悔的海平线上
> 愈合的岛,杏仁的影子不会

伤害沙滩。岛屿太多!

多得如昨夜星辰

抖落那颗开了裂缝的树上的流星

犹如跌落在"飞翔号"纵帆船旁的水果。

苦苦追寻一个愈合的岛!我搜寻着自己的港口和无悔的海岸线。突然间,我的贫乏、若有所失和无端的激情被治愈。这样的诗句激发我以后去热爱边界、角落、路口、拐角。而岛屿是所有这一切的隐喻。以语言之岛为中心,我的确拧转了自己的生活,那波澜不惊的生活,那脆弱不堪的生活。让它旋转,与意外、拐角的幽暗角逐。

出生在绵长缓慢的贫乏的南方乡村,读不到什么书。我最早接触的是古典文学——《古文观止》、《三国演义》、《杨家将演义》、《绿野仙踪》、楚辞、唐诗、宋词等,当然还读到了《罗摩衍那》,只是这些书并没有激发我去写作。我甚至读不到童话,而是在亲人、邻居或访客的口口相传或道听途说的谣言、传闻、轶事、鬼故事,还有民间剧团演出、花鼓戏,以及动画片、电视剧里,听到了世界被叙述出来的样子。

江南县城的生活贫乏至极。一个彷徨不安、空空荡荡、自我感到脆弱而想要做出变化的人,却总是好过成为一个爱欲已死、他人退去、道路枯萎的社会里的透明的人。借用图尼埃在《爱情半夜餐》里写的,阅读的打开,让我们得以"庆祝生命悲壮的脆弱"。庆祝自我的混沌,自我的不能,自我的渴望。生命是真实的,即便脆弱。

我在老县城阅读托尔斯泰、帕斯捷尔纳克、马尔克斯、大江健三郎、鲁迅、茅盾、老舍、俞平伯、卞之琳、何其芳、张爱玲、海子、顾城、西川、莫言、孙甘露、格非。三年高中光阴,我花尽了省吃俭用下来的零钱买了他们的书。另有很多小说家和诗人的作品,是在选集里读到的。通过阅读别人的生命，我编织出虚构的生活。那几年书籍太少，只能反复阅读这些作家的书。许多年后，我在纳博科夫《文学讲稿》里读到了所谓的"反复读者"："奇怪的是，我们不能读一本书，只能重读一本书。一个优秀读者，一个成熟的读者，一个思路活泼、追求新意的读者只能是一个'反复读者'。"只有反复进入一个文本，才能被这个文本巨大的磁场所同化，并获得相似的磁性——语调、词汇、认知。在反复的相遇中，一个灵魂不断邀约另一个灵魂，一个生命缓缓织入另一个生命。卡尔维诺在《为什么读经典》里说过两句话，深深地摇撼了扎根在我内心的那棵阅读之树："一部经典作品是一本每次重读都像初读那样带来发现的书。""一部经典作品是一本即使我们初读也好像是在重温的书。"

阅读，尤其是阅读一部经典作品，仿佛在雨季进入一座异乡的城市，沾染了一身雨水、尘土，呼吸了空气中湿润的味道，与陌生的人们渐渐相识，与他人的生命交织、切入，就获得了另一种生命的节奏。卡夫卡《城堡》中的K就这么进入城堡山下的村落。阿伦特在《黑暗时代的人们》中说过："世界存在于人们之间。"其实，世界也存在于和书籍的反复相遇之中。对一些书反反复复、永无止境的阅读，为我们生命赋形了温度、速度和韵律。与什么样的书相遇，就进入了什么样的生命形式。换言之，阅读，始于一次偏移——偏移已有的经验，重塑已有的生活秩序。安娜·卡列尼娜遇见弗隆斯基之后，在回彼得堡的火车上，阅读着一本英国小说，窗外是暴风雪，她的生活则与文本中的世界开始交织在一起，但最终，她醒来了。

在或轻微或暴烈的偏移中，阅读者一次次抬起头来，其生命潜能被一次次激发出来，去完成一次次的创造。能够抵御这个消费时代的损耗的，大概就是生命力量的行动，而且是复数的行动，在与他人的联结中行动:"阅读不是一项孤立活动,只与生活形成竞争与抵抗,阅读是我们的一种行动,通过阅读,我们日复一日,每天都在给予存在一个形式、一种滋味、一抹风格。"(玛丽埃尔·马瑟,《阅读:存在的风格》)

我在大江健三郎的诺奖演说辞里读到了《尼尔斯骑鹅历险记》的一些情节。那时我已经十八岁。演说辞附录在《性的人·我们的时代》后面。大江健三郎说,《尼尔斯骑鹅历险记》有三个层次的官能性的愉悦:一是大自然中的真实世界得到了解放,二是尼尔斯使自己淘气的性格得以改造,成为纯洁的、充满自信而又谦虚的人,最高的愉悦是尼尔斯呼喊着回到了家乡:"妈妈、爸爸,我长大了,我又回到了人间!"正如大江健三郎,我也被后半个句子感动。我渴望回到人间,栖居在世人中间,进入与他人的联结,在生活中寻找一个属于自己的位置。

江南并没有给我这样一个位置，我对江南日常生活的厌倦和抵触大概来自其精神内容的匮乏——说到底，是我自己精神世界的贫乏。我只能在阅读和写作中安放自己游走的心灵。我想要离开。我在散文集《在孟溪那边》里嵌入众多逃逸的星辰。我期待陌生世界的来临，尽管我一直在思虑，那不可见的、到来中的港口、站台、码头、机场到底在何处等候着我？只是，热情飙升了马力，仿佛一场风暴，将我席卷而上，抛入漫无终点的旅途。阅读和写作终将是一场不能抵达尽头的跋涉。不知是幸运还是不幸，我终于欢欣地堕入深渊。在这里的景致却错落有致，充满了丰盈的变化，有着意料之外的可能：或云阴往来，或晴暖无风，或密云不雨，或慢雨霏微，或暴雨如注，或狂风卷席，或霁岚无言。我游走了许多城市和国度，尤其是透过文本的窗口望见了诸多事物和心灵，见识了不可见的法则和边界，遭遇了可能与不能、轻与重、敞开与封闭，终于能够理解那个养育我的村子了。

二、阅读：辨认我的贫乏

在成长过程中，我没有硬核的家庭环境，更缺少出类拔萃的智力，仿佛是来这世间凑数。家里可以说是贫寒，个人的资质显然是平平。在偏僻寂静的县城，而且是一个治所已然搬走的老县城，一直接受着学校教育的规训，一度深深认同于主流的激情。奇异的事情总是鬼使神差地发生。我身上渐渐满溢出了一种阅读的习染，犹如在人群密集、杂乱无章的都市深处，邂逅了一处人迹罕至的废墟，进而，我行我素地在里边违章建筑起了自己的居所。

许多年，课本里的鸿泥雪爪，报纸上的蛛丝马迹，地方文献的恬静自持，文学名著的燕处超然，词语的声色之美，故事的波谲云诡，都渐渐领略过，却往往一片懵懂，一知半解，有时会茫无头绪，像是坐过了站或误了高铁车次那般被瞬间掏空，不知置身何处。缺少可以推心置腹甚至絮絮叨叨倾吐的同伴。我仿佛来到了大地的尽头，没有人烟，没有问候，甚至没有食物和衣服。1998年或1999年，在一本诗选里读到过一首新西兰女诗人罗宾·海蒂的诗——《最后》。它仿佛在诉说着裹缚我的那种匮乏：

> 可是最后一匹马
> 仍然站着咀嚼嫩芽般的风。
> 最后的拉巴茅屋
> 把光线投向背后。
> 如同剪贴的阴影，他愠怒着
> 拖住傍晚的星星。
> 新刈的银色如寒窣的稻草
> 摇曳在曼奴卡上。

只有这茅屋,它

保持缄默,唯有清贫的光线,

人们仿佛已经睡死,

铺着毛利人的夜晚。

这里有世界的最后一扇门,

最后一匹马,风儿吟唱,

倚着前面的匮乏,

你看到了后面的什么。

(张讴 译)

在无可奈何的自我教育里,我在新市镇上一家门庭冷落的小书店里买到了一本《唐诗三百首》,那是 1995 年或 1996 年。 1997 年夏天,我在小镇上的另一家书店买到了《简·爱》和《巴黎圣母院》,当时并没有关注出版社译者,现在循着封面回想起来,一本收入译林出版社的"译林世界文学名著",译者是黄源深,一本收入上海译文出版社

"世界文学名著普及本"，译者管震湖。

在《简·爱》开篇，简·爱躲入客厅隔壁的餐室，从书架上取下一本《英国鸟类史》，爬到窗台上阅读。在我的记忆里，她走上楼梯到阁楼去阅读——但那是不可能的，阁楼里住着疯女人。后来我才发现，她是蜷缩在餐室窗台上，拉拢绯红色窗幔隐蔽起来。无论如何，她是在一个角落里阅读。我则经常去老县城山上的丛林里阅读，带上一本书，比如《复活》。阅读是一件寂静的事情。

在《巴黎圣母院》里，哥特教堂的幽暗空间震慑了我。尤其是游吟诗人皮埃尔·格兰古瓦让我意外欣喜又疑惑不止。雨果给了这位诗人一种人设："格兰古瓦这种人品格高尚而坚毅，谦让而文静，始终善于守中，不偏不倚，富有理性和明哲，同时也恪守四德。"在我看来实在是有些无趣，缺失了太多的诗人的激情——艾丝美拉达才是激情的化身，她有着无可束缚的灵动的身体和心灵。格兰古瓦当然想要庇护她而不能。巴黎圣母院那深不可测的幽闭空间最终为她提供了庇护。圣母院就像是简·爱的窗幔掩蔽的窗台，能够容纳微暗的光线和脆弱不安的心灵。

三、 置身于他人的波澜

"世界文学的时代已快来临了。"歌德在1827年对门徒爱克曼如是说道。大卫·丹穆若什在《什么是世界文学？》开篇引用了这句话。丹穆若什为世界文学下了一个定义："世界文学不是一个无边无际、让人无从把握的经典系列，而是一种流通和阅读的模式。"我，这风暴中不安的候鸟，终于在世界文学的岛屿上寻找到了栖巢。书籍的流通，犹如生死流转，既无可奈何，又令人喟叹，乃至引人敬畏。

大概存在两种生活：一种是眼前的生活、当下的生活，另一种是可能的生活或是我们构造出来的生活，写作中的生活。写作不单纯是为了写眼前如此存在的生活，原封不动地腾挪、移动当下的经验生活，而是为了写一个人想要过的那种生活，可能的生活。当然，可能的生活表现出来的形态也许与当下生活有着诸多相似，共享着很多东西，甚至可以说，当下生活催生了可能的生活。可能的生活是对当下生活的超越和重塑，而不是舍弃。但可能的生活来自阅读和构造。"世界文学"就是这样一个提供了大量原材料和图纸的建筑工地，不断越过当下生活的边界。大概1998年，我在中学阅览室里发现了一本赵琼、岛子译的《自白派诗选》，并在里边读到了洛威尔的一句诗："他越出了界限。"十几年后，我成为了洛威尔的汉语译者，这是始料未及的。在同一本诗集里，我格外关注普拉斯，被她诗中的晦暗、渡越所吸引。我读到她的诗句："在那深潭之底，/众多的星星支配着/你的一生。"第二年的12月20日——那么清楚地记得这个日子，是因为这一天澳门回归——我在一期《国外文学》上读到了瓦雷里的几行诗，译者是胡家峦。我突然明白了，阅读，就像诗，是一个智力的节日，能够在快乐的嬉戏中织就秩序：

> 一首诗必须是智力的节日。它
> 不能是别的东西。节日：这是
> 游戏，但却是严肃的、有秩序的
> 有意义的。

世界文学给过我很多滋养。它教会我通过另一种方式来理解眼前的生活，甚至教会我通过另一种可能性直接跨越过眼前的生活，去建构一种生活。流转中的世界文学提供了异质性的想象力、异质性的语言，尤其是异质性的书写方式。没有这些，我不知道如何写作，也无心去书写。在年少的时候，江南的乡村和城镇因循守旧甚至死气沉沉的生活从未激发我去写下什么。我对生活不能产生惊异，也就不想去用文字记录和重塑。

库尔提乌斯在《欧洲文学与拉丁中世纪》里谈到，整个欧洲文学一直存在一个中心，只是这个中心在不断转移，并非凝固不变。"翻译"（translation）这个概念，在拉丁文中最初是搬运的意思。为什么是"搬运"？罗马帝国分裂后，西部变成西罗马帝国，然后又分裂成各个民族国家。文化的首都逐渐转移到了巴黎。此时就必须把整个罗马文化搬运到巴黎，于是就产生了"翻译"的概念。其实这种中心的"转移"（translatio），就是让整个文明进行再中心化的过程。在普世帝国的转移和蔓延中，翻译承担了核心功能。翻译这个概念内涵着面向中心、又试图成为中心的运动。库尔提乌斯强调了翻译的开放性，即一门语言，比如德语，是通过翻译实现外语化，比如法语化，从而让自己变得丰富和强大。在对罗马的"搬运—翻译"中，巴黎成为了新的罗马，而不是原封不动复制了旧罗马。本雅明在《译者的使命》里更是强调了翻译让文学作品的生命得以更新，让母语经历分娩的阵痛。翻译并非译作对原作的亦步亦趋的服从，而是原作和译作之间的互补。翻译，是一门语言和一种文明面向中心、将中心转移到自己身上的运动，又是一门语言和一种文明通过成为他者而辨认出自己、成为自己甚至渴望让自己成为中心的运动。成为自己，不仅仅是为了与他者对抗——比如在主奴的不平等关系里，更是为了吸收他者的潜能，让自己辨认出自己，接受自己的存在，并成为一个敞开的自己。翻译，是江河趋向海洋的过程。因为我们的世界上有着浩瀚的海洋。而江河依然是江河，却有了流动的激情。

世界文学是处于翻译中的文学。翻译作品既不是原语言的作品,也不纯粹是母语的文学作品,它夹在中间的缝隙,让母语的书写得以变形,让母语趋向一个异质性的面目。那么在撇开原文、阅读翻译作品的过程中,是读者假想把自己搬运到另一个"中心"的过程。其实这一切只是在自己母语内部完成的创造过程。翻译这个概念如果简化为趋向中心的运动,就是一个十分危险的概念,会让母语失掉自我。帕斯卡尔·卡萨诺瓦在《文学世界共和国》中就残忍地揭示了"中心"的在场。文学上的边缘空间向中心的聚集,被卡萨诺瓦称为"祝圣"。在"祝圣"中,边缘空间的文学通过克服美学距离和创造,被中心承认,同时也被同化。同化意味着自我的丧失。卡萨诺瓦揭示了一种文学政治。在这种文学政治里,边缘空间的文学抵抗翻译,制造混乱,释放混沌不清的文本迷雾。尼采在《人性的,太人性的》里写道:"不可译的部分不是精华部分,而是个体的非自由部分。"人类,假如拥有未来，就需要克服自己的非自由，挣脱奴役的困境。翻译，面向未来的潜能，难道不正是一种对非自由的克服吗？不正是对奴役的摆脱吗？虽然，克服和摆脱不能一蹴而就，因为潜能就是一个不能被穷尽的海洋。人的希望正源于此。

文学可以揭示非自由，因而是政治的。文学可以沉思潜能，因而可是思想的。但文学，不全是政治和思想。文学，要成为自己，就要面对语言的潜能。文学是一种不可能而可能的语言行动。

说到底，任何自我都无法彻底成为他者，只是在与他者的交往中，叠加了他者的影子，成为随行着复数影子的自我。在趋向中心的翻译中，巴黎没有成为罗马，纽约没有成为巴黎，北京也没有成为纽约。翻译，应该是一个敞开、变形、转化的过程，甚至是一个消解中心的过程，一切源于一门语言及其文明试图理解自己、成为自己的欲念。翻译的深处有着试图在变形中寻求可能生活从而与生活和解的愿望。翻译，让母语流动起来，逡巡于边界而生机盎然。流动的开阔的存在才能承受盈余的事物。正如莎士比亚在第135首十四行诗中写的："大海，全是水，仍然把雨承受下来。"而清浅的池塘或细小的河流会在暴雨中决堤。海洋在接纳中释放，在释放中接纳。

话说回来，为什么我当年不喜欢书写江南乡村和城镇的生活？因为我觉得那份生活太切身了，是窒息着我的日常生活，并不能提供我对世界别样的想象？其实，主要不是江南城镇和乡村生活的贫乏，而是我当时的理解力的孱弱，理解力的孱弱又源于语言的迟钝和表达的凝固。我缺少倾听和观看，尤其缺少阅读，因而没有能力去理解江南小镇的当下生活之中隐藏着的可能的形式。因此，就一味想着越界和逃离。多年后，我遇见了但丁在《地狱篇》第二歌里的句子："人海波澜，不下于大洋的狂风怒涛呀！"（王维克译）许许多多的人有着惊人的波澜。我终于发现，我渴望波澜和狂风怒涛，渴望置身于他人的波澜，从而安放躁动不安的自己。那么，倘若我是死水一潭，怎能呼应他人的波澜，承受他人的风涛？

四、写作始于一次分神

那么，写作，之于我，到底是什么？写作只是如实写下自己经历了的生活？还是去重新构造自己、改变自己？或是用另一种方式来生活着当下的生活？

胡桑是我的笔名，谐音于湖桑，后者是我老家湖州的一个桑树品种。家里的房子后面生长着一大片浩瀚的桑树林。我曾经一直漫游其中。我在大学时开始使用这个笔名，漫游在异乡，我却与自己的故乡和解了。我不想只生活在原名里。笔名是生活的增补和溢出。这种方式类似于写作。写作始于一次分神、忘我、偏移、构造。无可奈何的是，这又会被误解为一种试图逃离、甚至缺失了责任的写作。但是这个笔名还有一层意思，我想要去转化当下的生活，而不是逃离。因为我保留了我的姓，这是我与亲人、生活、故乡、土地的联系。大卫·格罗斯曼曾在一个访谈中说过："写作是我理解人生的一种好方式。只有写作，我才能理解人生。通过写作来理解自己和家人所经历的不幸。通过写作正确地了解生存境况。在写作时，很多事情变得清晰了，越写越觉得写作确实是应对失落、毁灭与生存的最好方式。"通过写作，我理解了自己和他人。那些幸运的、不幸的记忆都可以在写作里溶解而焕发出如梦似幻的氤氲，让我激动不已，又恍惚迷恋。不过，最终我收到了明亮日子的邀请。

写作者是通过他者而成为自己，一个更丰盈的自己，关于自己的自己，一个元自己。我在写作中一直试图抵御顽固的本土、地方、民族，不想让自己成为贴着地域标签或民族标签的作家。当然,我并不排斥自己身上的地域性或民族性,但前提是,我需要一种开放的地域性或民族性,让写作保持游走的流动性。我的散文集《在孟溪那边》就是往这个方向努力的文本。孟溪就是我生于斯、长于斯的那个村子。世界文学则让我得以辨认自己的封闭与贫乏,从而去渴慕敞开和流动。

只是当初我误以为世界文学将我引向了另一个外在的世界。如今我蓦然回首,悟出这个世界其实是从当下生活中发展出来的一个世界,一个更具有可塑性的世界,它是内在的,而不是外在的,它是流动的,而不是凝固的。中国文学和外国文学,犹如星丛,相互弥补、牵引,共同构筑了世界文学空间。当然,这是一个乌托邦。目前的境况是,巴黎、伦敦、纽约或者柏林充当着世界文学的权力中心。

但这丝毫不妨碍我们去阅读来自巴黎、伦敦、纽约或者柏林的文学作品,我们通过阅读他者而更加丰盈,甚至我们必须阅读,不然就只能夜郎自大、故步自封于凝固的语言之井。这丝毫不妨碍我们用汉语写作,甚至更需要我们用汉语写作。因为,通过汉语,我们才能呈现这片土地上的生活,而通过外语或者翻译中的汉语,我们能够让这片土地上的生活有了鲜活游动的层次。自我不是他者的影子,他者更不是自我的镜像,他者是绝对的,永远保持着陌异,因而能够纠正自我的妄自菲薄,打开封闭的自我。他者,因为其陌异性,也让我们看到了生活中残忍的法则、权力和束缚性的力量,因而可以让我们去揭示,甚至去反抗,去消解那些庞然大物。

取道世界文学,我开始重新打量眼前的、当下的生活。我曾经渴望的其实不是外在的生活,而是陌异的、变形的内在生活,超越束缚在日常认知中的生活,不断被"翻译"着的生活。我还想说,这是一种反抗民族、国家、文明中心的"翻译"，不仅反抗西方这个中心，也反抗着中国这个中心。写作，即转化、提炼当下生活，并非臣服于趋向中心的生活，而是揭示去中心的、塑形着的生活。在这样一种写作中，我又开始爱上当下生活。翻译，让坚不可摧的壁垒、铁丝网、围墙、战壕土崩瓦解，让语言流动起来，让每一个人的生活流动起来。

写作让我们克服（而不是舍弃）了当下现实，克服了其封闭性和束缚性，给了我们一种想象别样生活的可能性，去构造另一种更敞开、无限、流动的生活的方式。这个时候我们需要"世界文学"这个概念。"世界文学"能够解放写作，正是因为它的异质性。它是在民族之间产生的，是在翻译之中形成的，它永远不可能超越翻译，也不会凝固于一个中心——趋向中心的翻译也应是对中心的进攻、渗入、占有和栖居，是对中心的瓦解，对固有语法的扰乱和增殖。翻译意味着相互的改变和塑造。不存在一个中心可以凌驾、侵吞其余的语言、民族、国家和文明。世界文学是包容异质性的文学，而不是排斥异质性的文学。我们需要世界文学。可能的生活不是想要排挤当下的生活，而是更好地认知、提炼、改造当下的现实生活，拆解其幽暗不明的那些束缚性的法则。我们需要可能的生活。写作就是去中心的，朝向他异的，朝向陌生的，朝向可能生活的语言行动。

文学是什么？这个问题应该是一个写作者需要回答的。如果文学可以是一切，那就不需要回答，这个问题就没有意义。从广义而言，文学可以是一切表达，进一步来说，是一种创造性的表达。文学对创造性的表达有着天然的执著。什么叫创造性表达？倘若文学只能用固有的语法和词汇去书写一种特定的、一成不变的、无从改变的生活，就失去了意义。文学总是对某种生活、某种特定的书写进行纠正甚至超越。文学作为表达，可以是政治的、哲学的、审美的。但是，无论如何不能超越创造性的表达本身。文学是对语言建制的不断更新和超克。语言所传达的精神一经流散，就无从彻底根除。不过，汉语具有强大的变形能力，这并不意味着我们的文明可以在现代彻底地重新开始，但需要对汉语的表达形式及其精神内容的建制不断地改造。汉语自古以来就是一门极为开放的语言，不断在吸收中变形，却没有被任何一种外来语代替。变形和翻译要在星丛关系中完成，而不是在趋向中心的运动中懒惰地完成，不能将自己整个地交出去。

我们应该有勇气去变形，而不是回避。在实践中，可以吸纳他者的力量，但不是复制他者。如果我们一直让文学只表达一种生活，一直用一种方式表达同一种生活，那么文学的创造性就消失了，生活的顽固的暴力也就变得不可一世。我们也不能直接搬运一种外在的生活。我们不能要求一个作家必须书写何种生活。外国文学的意义在于它为我们提供了一种不同的表达，表达同一种生活的不同方式，或者重新审视同一种生活的不同方式，同时会形成认知的开放性和流动性，这样的外国文学属于世界文学。但是，如果外国文学成为写作的模板，固定的形式，那么，它就已经背叛了世界文学。我从来没有拒绝过关注生活，或者说，从未停止过热爱生活。不管热爱何种生活，但是文学作为一种书写手段，必定拥有特殊的形式和方法，我们不能忽略这个形式和方法。热爱生活，首先是去感受生活，深入认识生活的面貌。外国文学所提供的方法，必须在我们自己的语言和生活中改造、变形，必须被熔炼成我们看待自己生活的方法、感受我们自己生活的能力。任何具有创造性的文学作品都是还原了而不是缩减了生活的复杂性，都展现出对生活本身的不可约束的想象力。我们需要面对当下生活的伦理和政治。一个作家，除了能够写作，需要完成生活所要求的其他职责：伦理、政治的职责。作家不应该只能够写作。

在"世界文学"的时代，写作仿佛成了能够跨越边界的事情，不仅是跨越语言、民族、文明的边界，也能跨越阶层的边界，年龄的边界，性别的边界。如此，写作浩大、开阔，在边界上任意穿行。不过，说到底，写作依然是一件自由的、自然的事情，起源于一个人对语言和表达的爱，一份属己的爱、权利和快乐。只是当每个人想要去探索写作的尺度，就要调适和语言的关系，辨认自己的语言能力和语言特征，联结文学传统、当下生活，建立与他人及其共同体的关系，穿越重重边界，从陌异语言及其文明那里吸收潜能。在这样的尺度里，写作是公共的事情，不仅可以讨论，甚至可以判断、争辩。但这依然不影响属己的权利和快乐。正是这样的权利和快乐一直激励着我去阅读，并写作，写下我在阅读中的发现，写下日常中错综复杂的语法和规则,写下生活赐予我的生命的律动,以及思想的起伏。

2019年7月,上海

刊于《南方文学》2020年第4期

初名《"世界文学"时代的写作》

2020年10月,大改

来自爱尔兰的消息

在短篇小说集《纸牌老千》进入汉语世界时,威廉·特雷弗对我们来说,也许还是一个陌生的名字。在此之前,中国读者并没有怎么关注过这个作家,尽管《世界文学》《外国文艺》等刊物已经零星刊行了他的一些短篇小说。随后几年,特雷弗急速地进入我们的阅读视野,包括长篇小说《费丽西娅的旅行》、《露西·高特的故事》、《爱情与夏天》和短篇集《雨后》、《山区光棍》、《出轨》。那些读过特雷弗的人，无不会被其或舒缓、或冷静、或明快、或忧伤的笔触所打动。

一、只有离开爱尔兰，你才能真正了解它

在国土面积上，爱尔兰是一个不大的国度，在世界文学版图中，它却举足轻重。无论是获过诺贝尔文学奖的诗人叶芝和希尼，还是以晦涩的《尤利西斯》和《芬尼根守灵夜》著称的小说家乔伊斯，或是以荒诞派戏剧《等待戈多》轰动世界的贝克特，甚至是革命时代家喻户晓的小说《牛虻》的作者伏尼契，擅长织锦画一般的绵密语言的约翰·班维尔，以及新生代小说家科尔姆·托宾和克莱尔·吉根，爱尔兰文学总是一再令我们惊讶、难以忘怀。现在，我们又遭遇了一个新的名字：威廉·特雷弗，当代英语世界最伟大的短篇小说家之一，他通过一系列卓越的作品早已将自己铭刻在了爱尔兰的文化记忆中。

特雷弗是有史以来在《纽约客》上发表短篇小说最多的作家。尽管他写过近二十部长篇小说。但是，在许多读者的心目中，他主要还是一名短篇小说家，比如，他的名字就常常与契诃夫联系在一起。 1983年，《特雷弗短篇小说集》作为举世闻名的"企鹅丛书"之一种出版，悉数收录了之前五本小说集的作品，奠定了他在英语世界的地位，这本小说集在1993年和2003年又两次得以扩充，成为《特雷弗短篇小说合集》。他一共出版了十余部短篇小说集，为世人所熟知的有《浪漫舞厅》、《来自爱尔兰的消息》、《雨后》、《纸牌老千》、《山区光棍》、《出轨》等。他的小说还深受当代英国文学大家伊夫林·沃、格雷厄姆·格林等人的赞赏。

就像契诃夫一样，特雷弗忠实地记录着20世纪那些卑微的人物，那些失败者、不幸的人，那些忧伤的男女、午后情人和失意的老处女,那些潦倒的返乡者、迷茫的司机和酒徒。有人批评说,特雷弗的小说具有"无望感",其小说人物具有令人发疯的绝望。但特雷弗认为自己的小说人物会在某种时候与生活妥协,这意味着一种完成。他喜欢写无望的人们,这取决于他观察世界的视角。他以谦虚的目光凝视着这个时代,用温和的语句记录着生活,他被称为"爱尔兰的契诃夫"。他赞同爱尔兰作家弗兰克·奥康纳的一句话:"短篇小说是关于小人物的。"布克奖得主安妮塔·布鲁克纳这样评价特雷弗:"故事建构得几近完美,堪比契诃夫——两者间比较是不可避免的——他们总是给读者留有沉思的空间。"虽然从二十多岁开始,特雷弗就移居英格兰,他的创作却忠诚于自己的祖国,他一直自称为爱尔兰人和爱尔兰作家,就像乔伊斯和贝克特一样,他选择以自我流放的方式回望故土,以旁观者的视角冷静地眺望爱尔兰的地理、历史和生活,他写的许多故事发生在爱尔兰,都柏林或偏僻的山区。尽管他很长一段时间不知道怎么去写爱尔兰,而故事设置在英国和美国。但是,他逐渐找到了写爱尔兰人的方式,长篇小说《幸运的傻瓜》和《园中的寂静》就描绘了背负着深重历史的爱尔兰人的处境和际遇。而短篇小说《裁缝的孩子》中骨瘦如柴的汽车修理厂员工卡哈尔虽然生活在家乡,他的姐姐们却都离开了爱尔兰。

在奥登的《悼念叶芝》一诗中,奥登认为是爱尔兰刺伤了叶芝,才成就了一名诗人。特雷弗并没有被自己的祖国伤害,他试图迟缓地去理解和吸纳爱尔兰的贫穷、困顿、矛盾和复杂。他乐于关照小镇或者乡村里的人,揭示他们的精神生活,让小说去容纳他们卑微的人生。在这个意义上,他的小说正是"爱尔兰的器皿"。(奥登,《悼念叶芝》,穆旦译)正如他出版于1986年的短篇集的书名所显示的,他写的是"来自爱尔兰的消息",虽然他采取的"爱尔兰之外"的视角。但有时候，距离带来的恰恰是亲密和深入。他曾说过："只有离开爱尔兰，你才能真正了解它。""许多作家得益于流亡。"他正是这么做的。

二、黑色喜剧：扭曲的幽默

特雷弗原名威廉·特里弗·科克斯，1928年生于独立后的爱尔兰，家乡是南部科克郡的米德尔顿镇，他的许多小说以这里为背景。他出身于一个中产阶级新教家庭，而爱尔兰主要是一个天主教国家，这使他成为一个"局外人"，在他早年的小说中，新教土地拥有者和天主教房客之间的冲突是常有的主题。

由于父亲在银行任职，他的童年迁移不定，他换过十三所不同的学校读书。这种流动给他的生活造成了很多痛苦，也滋养了他对生活的敏感和想象力，这一切都将体现在他的小说创作中。他的小说题材广泛，人物千变万化，小说本身也具有流体一般的舒畅与澄澈，并潜藏着人性的矛盾、冲突与危机。

1942年至1946年，他就读于都柏林圣科伦巴学院和三一学院。1950年，他获历史学学士学位，毕业后找工作的日子是艰难的，他在距离二十多公里的乡下做家教，大约一年后，他放弃了这份工作，并与简·赖恩结了婚，然后在爱尔兰北部一所学校从事教师工作，教历史和美术，在这里他干了大约18个月，直至学校倒闭。

最初工作的日子，特雷弗对写作并没有兴趣。1952年他和妻子来到英国中部，在拉格比附近一所学校教了两年左右的书。1954年，他移居英国西南部乡村，自嘲过起了"无名的裘德"的生活。后来又成为教堂雕塑师，以此糊口，并慢慢开始了写作，这一段工作经历让我们想起他的短篇小说《圣像》里的男主人公柯利，一名圣像雕塑师，他因为这份工作而陷入生计的困顿。1958年,特雷弗移居伦敦,做过很长时间的广告撰稿人。1960年,改行写广告文案,与诗人加文·尤尔特成为同事。他已经有了一个小孩,必须挣足够的钱养家。他对广告一窍不通,随时面临着被解雇的危险,却一连工作了好几年。在这期间,他用公司的打字机开始偷偷写作短篇小说,以写作广告为掩护,他的工作是懒散的,这为他创造了写作时间。到1964年,在伊夫林·沃的促成下,他出版了第二部长篇《老男孩》,并一举获得当年的霍桑顿奖。这激励了特雷弗,使他决定成为一名专业作家。他把《老男孩》视为第一部严肃的作品,它写的是一帮世故的老人相聚在一起,推选下一任老校友委员会会长,小说以精确敏锐的笔触探索了他们的内心世界,讽刺了他们的虚伪、无聊和勾心斗角。在《老男孩》之前,他曾出版过《行为的准则》,这只是一本为了讨生活而写的应景小说。

特雷弗很早就是一名优秀的读者,不过,很小的时候他却喜欢读惊悚小说和侦探小说。十岁时,他希望以后能写作惊悚小说。直到在一位艺术导师的影响下发现了雕塑之后,他就不再梦想成为一名作家了。他在学生时代没有真正进行过写作。从惊悚小说的阅读狂热中走出来之后,才开始阅读克罗宁、弗朗西斯·杨恩、罗伯茨等作家。随后,他读到了毛姆,他一直崇拜这位作家的短篇小说,从中汲取了很多营养。他也如饥似渴地接触爱尔兰和维多利亚作家,比如他的同胞乔伊斯。乔伊斯尤其是其短篇小说对特雷弗的影响是很明显的:以具有隐喻能力的事物去书写人所处的丰富的历史文化语境,以隐幽的笔法关注宗教、历史、文化、阶级之间的界限造成人与人之间的隔阂。后来对狄更斯的阅读也加深了他对人类生活处境的理解。如今,他崇拜的作家是菲茨杰拉德、海明威、福克纳和厄普代克,尤其是他们的短篇小说。

童年的阅读记忆深深地嵌入他后来的文学创作中，使他早期的小说成为一种黑色喜剧，具有混合着眼泪与微笑的"扭曲的幽默"。短篇小说《奥尼尔旅馆中的艾克道夫》中就有一个孤僻而饶舌的女巫般的人物艾克道夫太太。他还有一部分小说擅长运用哥特元素探索恶的本性以及恶与疯狂的关系。他通过这些手法去写那些与环境难以协调的人们，虽然，很多时候，人物的扭曲程度和故事情节显得有些夸张，比如短篇小说《房客》，写房客之间错综复杂的关系，最终却引入了一场离奇的公寓纵火案。

三、一种表面含而不露的不幸

特雷弗的作品三次获惠特布莱德奖，五次提名布克奖，也是近年来热门的诺贝尔文学奖竞争者。他的长篇小说《幸运的傻瓜》和《费利西亚的旅行》分别于 1990 年和 1999 年被搬上过荧幕。不过，荣誉和声名对于特雷弗来说是徒劳而无趣的。他之所以被人们热爱，显然是由于精湛清澈的小说技艺、对生活复杂性的揭示和对隐幽人性的深刻洞察。

1950 年代他移居英国德文郡。德文郡在西南半岛上，以优美的自然风光著称，普拉斯的丈夫、英国桂冠诗人塔德·休斯曾居住于此，直至患癌症去世。德文郡还是侦探小说家阿加莎·克里斯蒂的故乡。耄耋之年的特雷弗和妻子简居住在乡间一所维多利亚式农舍中，笔耕不辍，每天早上是他的写作时间。2007 年出版短篇集《纸牌老千》①，2009 年又出版了长篇小说《爱情与夏天》②。他每年有一两个月会去意大利的托斯卡纳地区居住——他写过许多以意大利为背景的小说，比如《纸牌老

---

① 威廉·特雷弗：《纸牌老千》，邹海仑译，浙江文艺出版社，2012 年。
② 威廉·特雷弗：《爱情与夏天》，管舒宁译，人民文学出版社，2012 年。

干》。他也偶尔回到爱尔兰居住,这是酝酿乡愁的地方。对于栖居地的选择已经透露出作家对小说的期待,他的小说越来越流露出乡村一般的宁静,将人物起伏的命运潜藏于波澜不惊的笔触之中,令人想起英国诗人奥登的诗句:"到晚年他渡入异常的温和。"(《赫尔曼·麦尔维尔》,王佐良译)

他越来越表现出对笔下人物的同情。从批判走向怜悯,意味着一个作家正在走向开阔与丰盈。时间和记忆逐渐成为塑造他笔下人物的主要力量。他中后期的小说具有越来越多的声音,以更为开阔的小说空间容纳了充满不稳定性的现代生活的碎片。比如在短篇小说《圣像》中,我们看到了传统艺术和宗教的没落、现代世界中价值观念的分崩离析和错乱,从事传统手艺工作的匠人柯利在消费时代陷入生计的困顿,不能生育的莱恩和埃蒂面对邻里的指指点点,感到传统道德观念缠绕在现代人身上的痛感与迷茫。在短篇小说《出轨》中,我们可以看到一对偷情恋人的若即若离、欲言又止、偷偷摸摸、遮遮掩掩、犹犹豫豫、唯唯诺诺。小说中的他和她是无名的,天下的野鸳鸯所能遭遇的困境大同小异?不过,"她"在爱的关系中属于更强大的一方,"坚韧而果决"。激情不再而顾虑重重、胆小怯懦却的是"他"。这一段爱,让他们变成了各自的样子。从这一对立中,可以见出特雷弗的老辣之处,他的写作并不是温情脉脉的。

短篇小说《特莱默尔的蜜月》表达了对谎言者的同情和理解。凯蒂为什么要撒谎说曾经抛弃自己的男人是爱她的?大概是因为一个人活在当下,需要一些好的记忆支撑自己残缺的当下,如果没有这样的记忆,也可以虚构过去,通过谎言来弥合过去的裂缝。这也是谎言的一个积极意义。当然如果她以后能够真的爱上戴维,能够获得美好的生活,大概可以忘掉这个坏的记忆和谎言。特雷弗也许想告诉我们,直面不完满的自己,是一件不那么容易的事情。但这是终究要做到的，因为人就是有限的，不完满的，无论是自己还是自己所遭遇的他人。

特雷弗的小说逐渐放弃了宏大结构的叙述、也不追求完整的故事，转而聚焦于零碎的细节和片段，犹如随意撷取的路边的石子和花草，犹如大海中突然涌现的碎浪。他的小说充盈了无从把握却终究要去忍受和接纳的日常和细节。在他笔下，人们不经意间变得欢愉、绝望甚至崩溃却瞬间归于平静甚至空无。他曾说过："短篇小说是瞬间一瞥的艺术。"这样的故事具有直接性，也充满了神秘性和韧性，他并不试图解释生活，对于人性中那些幽暗甚至有害的部分，也没有立即作出道德上的判定，他只是在以谦逊的态度呈现人类关系的偶然形态。两个人的相遇产生了特别的故事，特雷弗写的就是人们的相遇、面对和离别。

同时，他试图在最平静的表面中进行最深刻的写作试验。别忘了，特雷弗同时是戏剧家，没有比他更加懂得戏剧的重要性和产生方式，不过，他的戏剧性并不是表层的、流于形式的，而是隐秘地内在于小说的语言和人物关系之中。他曾在一个访谈中说道："那种最明显的实验写作并不见得比我这样的传统作家更具实验性。我始终在实验，但它们是隐秘的。"特雷弗小说出现了越来越像菲茨杰拉德笔下的人物。正如他在《纸牌老千》中所说的，他的小说主人公"使人想到斯科特·菲茨杰拉德笔下的人物，一种表面含而不露的不幸"。这位当代的契诃夫为20世纪普通的、缠绕于生活的人们描摹出了令人难忘的身影。事实上，后期的特雷弗，与其说是爱尔兰的契诃夫，还不如说是爱尔兰的菲茨杰拉德。

2012年11月

刊于《都市快报》2012年11月7日，

初名为《特雷弗：来自爱尔兰的消息》

2020年12月改

•
最初的自由

《相遇》①里的米兰·昆德拉,依然是那个久违的小说家,一个将文学和艺术的本质讲述得越来越轻盈的小说家。在意大利,卡尔维诺曾经在《未来千年文学备忘录》中向我们这个刚刚开始的千年建议,将轻盈作为未来文学的首要价值;在法国,

---

① 米兰·昆德拉:《相遇》,尉迟秀译,上海译文出版社,2010年8月。

昆德拉也一如既往地推崇文学中的"轻盈"。将叙述从沉重的故事重力尤其从对现实的屈服中解放出来，为幽默、梦想辩护，这是昆德拉小说与随笔一以贯之的写作任务。作为一本文学和艺术随笔集，《相遇》的书写本身也是轻盈的，它绝不会用艰涩的术语和密不透风的理论体系来恐吓读者。从《被背叛的遗嘱》《小说的艺术》《帷幕》，直到他第四本随笔集《相遇》，昆德拉将理论书写得越来越放松、通透，处处是清澈而精准的洞悉，揭示出写作这门艺术的丰富、幽暗和可能。

喜欢阅读昆德拉的读者一定会对他笔下的文学家、艺术家如数家珍：塞万提斯、拉伯雷、卡夫卡、布洛赫、穆齐尔、贡布罗维齐、福楼拜、雅纳切克、斯特拉文斯基，而这一次，上述名字大多仍然隐约徘徊在松散而富于思考张力的文本上空，但是，我们将会与另一些陌生的名字突如其来地"相遇"：弗朗西斯·培根、菲利普·罗斯、古博格·

博格森、边齐克、戈伊蒂索洛、马尔克斯、富恩特斯、法朗士、泽纳斯基、塞泽尔、夏姆瓦佐、林哈托瓦、奥斯卡·米沃什、布贺勒、达尼洛·基什、马拉帕尔泰等。这些小说家、画家、音乐家的名字及其作品,我们可能只是道听途说,甚至闻所未闻,从未读过其作品,这可能是阅读这本随笔集的困难,但这并不妨碍我们与昆德拉对艺术本质的思考相遇,反而会有助于我们思考的瞬间起飞,正如本书第五章中所写塞泽尔与在海地短暂停留的布勒东相遇,这是一场"超现实的相遇",它让塞泽尔改变了原有的对语言的认识,开始懂得了使用法语的自由。这种"相遇"符合昆德拉对世界和艺术的想象与定义,在他看来,艺术的本质是"梦与现实的融合",比如卡夫卡、布洛赫的小说,超现实主义诗歌。比起以前的著作,《相遇》更加热情地赞美了超现实主义者们的艺术信条:两个人或两件事物神奇的相遇,可以改变世界既定的现实,能够让现实在顷刻之间产生自己的梦幻和法则，犹如法国超现实主义诗人追认的鼻祖洛特雷阿蒙笔下的诗句"美丽宛如一台缝纫机和一把雨伞在解剖台上不期而遇"。我们不妨把与那些陌生名字与作品的相遇，视作神奇的现实诞生的时刻。昆德拉总是撷取一些尖锐的细节直接刺入事物的核心，摧毁人们对艺术与生活的陈腐偏见，更新人们对世界的看法，这是他作为理论家的素养所在。

这是一本充满"孤独"的书，作为一名流亡者，昆德拉和他笔下的奥斯卡·米沃什一样，萦绕着"一个异乡人不可侵犯的孤独"。昆德拉的写作，很容易让人想到这样一些诗人和作家：布罗茨基、米沃什、索尔仁尼琴、马内阿、沙克丝、策兰，他是这些流亡作家即"永远的异乡人"中的一员，"永远生活在别处"。昆德拉来自经历过深重的极权主义苦难的中欧，那里，有被瓜分的波兰，被屠杀的数百万犹太人亡灵，被苏联坦克碾碎的"布拉格之春"，昆德拉就来自布拉格所在的国度——捷克斯洛伐克，1975年，昆德拉才离开这个国家移居法国。但他一生的书写从不屈就于痛苦和沉重，而是持之以恒地以"轻盈"的态度消解苦难，摧毁苦难的危险报复。他清楚地意识到苦难的黑洞性质，它不仅炫示生存的创伤，同时吸纳一切。在苦难记忆法则的宰制下，善与恶的辩证法是可以随时松动甚至颠倒的。被伤害者随时可以反过来伤害别人。所以，昆德拉总是在反思并怀疑"记忆的责任"，比如在《遗忘勋伯格》和《〈皮〉一部原小说》中，他发现大屠杀之后，人们把追剿过去的政治罪行视为光荣的行为，这是一种具有控诉性和目的性、急于惩罚他人的记忆，一旦执着于创伤的过去而不是未来，记忆就变成战场。"记忆的战争只会肆虐于战败者之间"。针对这种记忆，《完全拒绝传承或伊安尼斯·泽纳斯基》一文进一步分析了"绝对的遗忘"，一种拒绝"感性"的记忆。记忆能够导致战争，是因为它不加任何反思地服从感性（表现为恨与复仇，追求血腥胜利的激情），昆德拉引用了荣格的一句话："感性是暴行的一个上层结构。"这个结构是游移不定的，暴行的两面（施害者与受害者）可以随时滑动，对换位置。战争（比如两次世界大战）中的仇恨，大屠杀后的屠杀，"顶着光环的受害者"名正言顺地以正义的名义进行的复仇，均来自于这个暴行的上层结构。这种感性的美很容易让我们想起昆德拉早年大肆批判的"媚俗"（Kitsch），正如《生活中不能承受之轻》里的萨宾娜嘲讽托马斯的那样。"媚俗"意味着以"感性的灵魂对立于世界的非感性"，它刻意区分善与恶，美与丑，正义与不正义，画地为牢，却隐藏着危险的暴力，在某一时刻会转瞬现出真面目，变成"暴行"的依据。昆德拉厌恶这种感性的美，在《死亡与排场》中，昆德拉通过解读塞利纳的小说发现人类的一种缺陷——"排场"，这也属于感性之美的行列，它在缩减艺术的表现领域。昆德拉喜欢的是诸如泽纳斯基这样的音乐之美，因为泽纳斯基的音乐洗尽了感情污秽，成为"没有温情野蛮行为的美"。

感性之美并不能击穿世界的谎言性质。《遗忘勋伯格》专门论述了世界的谎言性质和艺术的真理性质。"二战"时有一个叫做特雷辛（Terezín）的集中营，这是一个纳粹用来欺骗国际红十字会感情的面子工程，纳粹以相对文明的方式让被拘禁的犹太人生活在这里。但是生活在这里的犹太艺术家并不相信这样的谎言，他们知道自己已经待在死亡的接待室里，并不抱有幻想，而是用艺术对抗狱卒们演绎的死亡喜剧，撕破眼前世界的谎言面具。也正在这个意义上，昆德拉非常赞同荣格对爱尔兰小说家乔伊斯的评价：一个"非感性的先知"。

昆德拉虽然没有对乔伊斯进行过长篇大论式的分析与评论，但很明显，在昆德拉的体系中，乔伊斯和卡夫卡一样是新小说时代的开创者。乔伊斯的小说如《尤利西斯》《芬尼根守灵夜》里没有"美学纠察队",不会轻率地拒绝无法响应小说艺术特质的某些元素进入小说,从而缩减小说这门古老的艺术。在《关于拉伯雷与"厌恶缪斯"的对话》中,昆德拉说:"自从小说开始将自己确认为一个特别的种类或者(好一点的说法)一门独立的艺术,它最初的自由就缩减了。"因为这个时候来了一些"美学纠察队"。直到 350 年以后,这种自由在乔伊斯身上重现。什么是小说"最初的自由"?纵观《相遇》全书,昆德拉认为小说具有两种自由:小说能够表现的生活,小说自身的表现方式。在全书第一篇长文《画家突兀爆裂的手势:论弗朗西斯·培根》中,昆德拉把生命视作"毫无意义的意外",充满了无法预测的偶然性。本书的第二章毫不掩饰地把小说比喻为"存在的探测器",昆德拉的言下之意大概是,小说就要表现生活中那些

"无意义的意外",表现生活的各种可能性。占据了整个第三章的长文《黑名单或像阿纳托尔·法朗士致敬的嬉游曲》在为被列入黑名单的法朗士辩护时,昆德拉说得更清楚,法朗士表现的是"日常生活的平庸性",而这一点正好体现了法朗士处理恐怖时代(法国大革命)的沉重所运用的手法之轻盈。这种轻盈并不是十九世纪现实主义甚至自然主义式沉重而丑陋的冗长描述,而是惊人、简洁的细节与观察。

昆德拉同样拒绝"正经"的写作,拒绝被"美学纠察队"肃清后的小说艺术,他对法国文学史将不正经的拉伯雷塑造得越来越正经感到愤怒。在《被背叛的遗嘱》《小说的艺术》中,昆德拉一再地强调拉伯雷对于小说这门艺术的"最初自由"的贡献。他曾经把对这种小说最初的自由称为"被背叛的遗嘱"。当然,我们也不会忘记昆德拉在《小说的艺术》开篇就忿忿不平地维护过的"受到诋毁的塞万提斯遗产"。塞万提斯与拉伯雷是并肩站立在小说源头的两位作家,他们的遗产在"小说"这门艺术得以确立之前就已经存在了,而处于起源时期的小说艺术手法是那么丰富、多样化。他以一个绚烂的隐喻归纳拉伯雷小说即所有他认可的小说的特质:具有"焰火般的各种风格"——散文、诗句、可笑事物的罗列、科学言论的模仿、冥想、讽喻、书信、现实主义的描述、对话、独白、默剧……各种风格的奇特"相遇"是小说这门艺术"最初的自由"。但是小说的这种无限可能性在后世尤其是十九世纪被彻底遗忘了。昆德拉反对的就是这种对小说最初的艺术可能性的化约和缩减。

昆德拉在《被背叛的遗嘱》里曾经有过著名的三个"半时"理论。借用足球术语,他将从拉伯雷和塞万提斯开始直到十八世纪的小说时代称为小说的"上半时",此时的小说拥有无限的自由,向各种风格与形式开放。但是十九世纪的现实主义小说终结了上述自由,开始错误地追求"仿真",对现实唯命是从,从而屏蔽了小说艺术的可能性。这就是小说的"下半时"。二十世纪的现代主义小说兴起后,"仿真"的教条被摧毁,现代主义小说为上半时恢复名誉,重新继承小说的"上半时"遗产,并且重新确定和扩大小说的定义本身。这一段时期被昆德拉称为小说的"第三时",他强调,这是一场"没有尽头的旅行"。"第三时"的小说家,以卡夫卡为代表,他的小说使读者不由得被引入一个想象的世界,在这个世界里,讲故事人的说话、说笑、评论、卖弄的声音会打破幻象,那个由十九世纪小说信奉的仿真的沉重幻象。小说艺术的轻盈又一次回来了。在轻盈的意义上,我们才能理解昆德拉的关键词:"幽默"。《滑稽理由的滑稽缺席》就痛感我们所生存的是一个只有笑而没有幽默的世界,一个"没有幽默感的荒漠"。昆德拉心目中的小说应该充满"巴奴什的笑声",到处是游戏、热情、幻象、猥亵、笑,飘荡着自由自在书写的气息。

现代主义小说也有自己的歧途。本书中有一封为墨西哥小说家富恩特斯生日写的公开信,信中昆德拉提出,当代小说在二十世纪五六十年代走上"纯粹否定性的道路",即所谓的"反小说"(anti-roman)。他所谓的"反小说",我们可以在法国"新小说"、美国后现代派身上瞥见其身影,这些小说正如昆德拉所谓的"反小说",没有人物、没有情节、没有故事,甚至没有标点。在昆德拉看来,这是对拉伯雷和塞万提斯小说遗嘱的另一场"背叛"。

昆德拉一直在召唤的小说必须弥漫着"上半时"小说具有的那种可能性。可能性意味着自由。这种充满可能性的小说被他称为"原小说"(archi-roman)。《相遇》一书对超现实主义者进行了前所未有的颂扬。他多处提到与超现实主义作家比如阿拉贡的"相遇",超现实主义者与晚辈作家的"相遇",以及超现实主义文本中所书写事物之间的奇特"相遇"。在昆德拉眼里,二十世纪"在梦里、在无意识里翻找"的超现实主义者们就是十六世纪的拉伯雷,他们通过对梦的法则的运用,解构了理性的重负,在二十世纪,尤其对昆德拉来说,这一矛头直接指向极权主义。但"相遇"在书中已经被提升到了隐喻的地位。各种小说风格、表现形式,各种事物,在小说中的奇特相遇,造就了一个自由的艺术世界,这一世界在反对、抵抗冷冰冰的沉重的理性世界。小说这门艺术并非是单调而纯粹的,它应该同时意味着:人物、故事、语言、结构、风格、精神、想象之间的"相遇"……小说必须是对全部传统的继承,对五个世纪以来人类所创造的所有小说成果的继承,这个观点,昆德拉在《贝多芬的完全传承之梦》一文中被透露出来,他认为贝多芬"梦想成为自始至今所有欧洲音乐的传承者"。

这里的"音乐"完全可以替换成"小说",昆德拉也是这么看待小说艺术的。当然,在所有这些"相遇"中,最为重要的是"梦想与现实的相遇",这样的相遇才能让小说超越现实,抵达"超现实"的自由国度。昆德拉本人的小说,尤其是法国时期的,就越来越积极地召唤着"梦想与现实的相遇",努力去拆除梦想与现实的边界。他法国时期的第二部长篇小说《身份》临近结尾处,出现了尚塔尔和让·马克的噩梦,昆德拉本人在小说中现身并追问:"谁梦见了这个故事?……究竟是在哪一刻,真实变成了不真实,现实变成了梦?当时的边界在哪里?边界究竟在哪里?"

反对小说艺术的简化就是拒绝"存在的扁平化"。昆德拉终其一生进行着对极权主义的批判,但从不把"存在"单一化为政治的维度,他始终忠诚于小说这门艺术,以此为利刃穿透庞大空洞的政治、道德观念。他对奥威尔《一九八四》之类的小说心存芥蒂,而对卡夫卡《城堡》、布洛赫《梦游者》、法朗士《诸神渴了》诸如此类的小说惺惺相惜。正是因为这点,在昆德拉看来,这些小说艺术中坚持着"对存在的探索",坚持着"真正的存在的顽强",它们能够照亮"生活世界",而《一九八四》这样的小说对政治的"浪漫谎言"蜻蜓拂水、隔靴搔痒,甚至"将人的生命化约为单一的政治维度"。昆德拉固执地认定,小说是现代社会所特有的艺术形式,在小说世界里,社会性梦想得以解体,个体生存价值得到最大限度的肯定,小说必须让读者明白,我们不能被"集体属性这层面纱给蒙蔽"。

昆德拉如此推崇、迷恋的小说和艺术,在当代却遭遇了尴尬的命运。《相遇》表达了对小说和艺术在当代被边缘化、被遗忘的忧虑。与其他部分不太一样的是,本书的第八章充满了愤怒。《这不是我的庆典》写于电影诞生一百年之际,但昆德拉出乎意料地说:"卢米埃尔兄弟在一八九五年发明的不是一种艺术,而是一种让人得以捕捉、呈现视觉影像,并且保存、做成档案的技术。"作为技术的电影,是让人变笨的主要行动者(充斥屏幕的弱智广告片、电视剧)、全球性的偷窥行为的行动者(政治和色情偷窥,比如当代媒体中越来越多的"门事件")。而作为艺术的电影却逐渐被人遗忘了。在这个"艺术之后的时代""艺术消失的世界",人们对艺术的渴望、感受性和爱都消失了。比如,人们越来越不喜欢费里尼,费里尼在与广告片的较量中彻底败阵了。这让昆德拉感到绝望。因为在他看来,费里尼的电影实践了超现实主义的古老纲领(也是《相遇》的主题之一):"以无与伦比的奇想融合了梦与现实。"《贝尔托,你还剩下什么?》提到,一九九九年巴黎的一份周刊上刊登的"世纪天才"专题,十八人中几乎没有文学家、艺术家、哲学家,整个欧洲将他们遗忘了。即使偶尔记起，也不再关注他们内在的艺术世界，人们只剩下娱乐地、技术地面对世界的方式。他特意提到一本关于贝尔托·布莱希特的八百页研究巨著，这本书巨细无遗地论证了布莱希特的同性恋、色情狂、剽窃作品、说谎、赞同希特勒等，还有专门用一章写到布莱希特的身体，并且别有用心地考证了布莱希特的体臭。昆德拉愤恨地感叹："啊，贝尔托，你还剩下什么？"

这就是当代艺术的命运，也是当代小说的命运。正如超现实主义诗人阿拉贡所言，在当代，小说是一门"被贬低的艺术"。小说被贬低的命运与整个艺术的命运休戚相关。在这个技术主义一统天下的时代，不仅存在被遗忘，能够照亮生活世界的小说也被贬低、被驱逐。世界迎来了自己的黑夜。如何穿越这个黑夜？唯有通过与艺术的相遇，"超现实的相遇"：与日常生活的平庸性相遇，与形而上的忧虑相遇，与世界破碎之前先人的亲密生活方式相遇。具体到小说这门艺术里,是让梦与现实相遇,让拉伯雷以来的所有传统相遇。昆德拉渴望的是,世界在奇特的相遇中轻盈起飞,回归自由。

相遇,并不是简单的并置,不是双方的妥协和苟合,也不是最终的一体化,不是对信念的幼稚忠诚,一旦相遇,双方的中间地带会产生一个奇妙的存在场域,这是一种友谊,一种"唯一的美德"。《相遇》一书的封面是两个体态生动的人伸开手臂试图拥抱对方,他们渴望一次真正的相遇。这幅漫画是昆德拉亲手创作的。在《敌意和友谊》中,昆德拉提起自己特别喜欢一张照片,那是法国诗人勒内·夏尔与德国哲学家海德格尔拍摄于"二战"后的照片。夏尔走在海德格尔的身旁。一个因参加过反抗德国占领的抵抗运动而受赞扬,一个因曾经对纳粹主义表示认同而受到诋毁。照片上,可以看到他们的背影。他们都戴着帽子,一个高,一个矮,平静地走着。他们的并肩行走,一种"奇特的相遇"。在昆德拉看来,"相遇"是一种"友谊"。他们的中间地带是"存在","存在"诞生于双方的相遇,而不是敌对与割据。面对这样一张照片,也许,我们可以更好地去理解昆德拉所谓的艺术任务——"对存在的探测"。

2010 年 9 月

在"准"的国度

安娜·伯恩斯的《送奶工》[①] 是一部关于政治和边界、权力和暴力、谎言与真相、束缚与自由的小说。

在这部小说里,女主人公,第一人称叙述者——18岁的"中间姐妹"(middle sister,她既全

[①] 安娜·伯恩斯:《送奶工》,吴洁静译,江苏凤凰文艺出版社,2020年8月。

是姐姐,又不全是妹妹,而是姐妹的中间地带,是未成年与成年的中间地带)的家庭、种族、阶层、国家、时代似乎都是隐去的。这部小说深入当代历史的夹缝之中,小说指涉了一个处于政治冲突中的地理空间:北爱尔兰。当然这只是我们一厢情愿的解释,因为小说没有一处提及"北爱尔兰"这个地名。我们只知道作者安娜·伯恩斯出生于北爱尔兰的贝尔法斯特。所以,北爱尔兰在小说里被隐喻化了。尽管出现了"海对岸"(over the water),让我们很容易想到这在指涉与爱尔兰隔海相望的英国。而且,"准男友"(maybe boyfriend)获得的"超级增压机"部件就是从一辆来自"海对岸"的宾利风驰汽车上拆卸下来的,我们知道宾利是产自英国的一个汽车品牌。但是小说并未明确指明"海对岸"的国家的名字,更何况,"海"(water)还可以理解成河流或湖泊,并非必然是爱尔兰与英国之间的海域。小说中不断出现"我们的宗教",但没有一处提示了这到底是何种宗教，并不能锁定为爱尔兰的主体宗教天主教。叙述者属于何种民族、种族更是无从知晓。小说中的主要人物甚至都是没有名字的。

那么，小说中的时代呢？同样是混沌不清的。不过，我们至少知道，叙述者生活在二十世纪，她在二十年后回忆自己 18 岁时的遭遇，此时大概已是一名作家。第五章里提到，叙述者做了一个关于普鲁斯特的噩梦，"在梦里，他（普鲁斯特）变成了 1970 年代的作家，一个堕落的当代作家，一个冒充世纪之交的作家，据说这就是他在梦里——我想是被我——告上法庭的原因。"（第 250 页）那么，据此推算，叙述者在写作这部"回忆录"的时候当在二十世纪九十年代。事实上，北爱尔兰问题（the Troubles）在 1998 年才平息下去。小说在第一章里密集地提及三个年代："这块土地不属于我，这就意味着他（送奶工）能在这里跑步，就像我能在这里跑步，就像孩子们在七十年代认为自己有权在这里喝酒，就像长大一点的孩子们在后来的八十年代认为自己在这里吸食强力胶也很合理，就像他们再长大一点到了九十年代又来这里给自己注射海洛因，就像此时此刻政府机构正躲在这里偷拍反政府派。"（第7页）这么看来，年代是明确的。更大的时代景象和处境却只是小说里一场无从穿越的雾，我们只能悄悄试探。甚至可以说，时代在小说里依然是无名的。

不过，作为一部民族、种族、国家、宗教处于无名状态的小说，《送奶工》恰恰有着强烈而清晰的政治意识和伦理意识。那么，这部小说到底是如何呈现政治意识的？小说中的政治意识又催生了什么样的伦理意识？这两个问题相互缠绕在一起，是理解这部小说的关键所在。

一、边界内的恐惧

理解《送奶工》的前提是理解小说构筑的社区

里的边界。显然，小说呈现了一个到处是边界的政治空间，小说里直接探讨了这一点："'政治'当然涵盖了一切和边界有关的东西、一切能够被解释成和边界有关的东西。"（中译本，第 255—256 页）小说里的世界充满了边界——海对岸（over the water），马路对面（over the road），"我们"和"他们"，"他们的宗教信仰"和"我们的宗教信仰"。（第 24 页）对于叙述者来说，这个世界的混乱与恐惧就来自于"边界那边"（over the border）和边界这边的对峙与冲突。

叙述者"交往了将近一年的准男友"得到的宾利风驰"超级增压机"零件，镌印着一面旗帜，一面来自于"海对面"的旗帜，于是开始遭人非议，甚至被告密。"旗帜"正是一个边界的象征。边界揭示了权力之间的争夺和对立。边界对社区或共同体的入侵意味着政治权力的滥用——对个体权利的悬置。这种政治权力的滥用弥漫在整部小说里面。

北爱尔兰的历史就被伯恩斯熔铸在这样一种特殊的语境里面。这部小说显示出醒目的伦理性和政治性。不过,小说的文学特征同样醒目,它创造了一种口语化的絮絮叨叨的语调。叙述者的母亲在小说里叫做"妈"(ma),就是一个特别口语化的词。令人意外的是,这种絮絮叨叨的语调让小说产生了一种压抑,而不是日常的平易。劳拉·米勒认为,在这部小说里,"政治恐怖和性监视加剧了青少年的幽闭恐惧症。"因此,整部小说有着一种幽闭的氛围,让人在阅读时无法不产生压抑的感觉。但是,这种压抑的感觉要去开启一个东西,让我们看到这个时代,看到在这个时代的人性的境况,人的处境,人与人的关系。压抑感摧毁了一切盲目的乐观,小说中的世界被安置在紧张和恐惧之中。"药丸女孩"(tablets girl)写给妹妹的信在开头就罗列了迷雾一般到处蔓延的恐惧:"我们义不容辞地为你列举你的恐惧,以免你将其遗忘:物资短缺；过分依赖；古怪；不可见；可见；羞耻；被回避；被欺骗；被欺负；被抛弃；被打；被谈论；被可怜；被嘲笑；被认为又是'孩子'又是'老女人'；愤怒；其他人；犯错；凭直觉知道；悲哀；孤独；失败；失去；爱，死亡。如果不是死亡，那就是活着——"（第283—284页）所以，药丸女孩在信里说："我们害怕。"（第284页）

幽闭恐惧症无疑源于密不透风、令人无法喘息的森严边界。这边与那边，我们与他们，这样的区别并非源于人们日常生活所形成的差异经验，而是由外部权力所确立。此类边界将法则强行赋予生活于其中的生命个体，甚至规定了生命个体的善恶层次。比如故事一开头就出现一个人物——"某某·某某之子"（Somebody Mcsomebody），后来我们得知他就是核弹男孩（Nuclear Boy），曾在城市的中心区域实施过一场爆炸。令我们困惑的是，由于他在厕所里偷窥，并用一把枪威胁叙述者，就被指控四分之一强奸罪。在叙述者所在的地区,强奸罪被花样百出地区分为不同档次:完整强奸、四分之三强奸、半强奸、四分之一强奸。具有讽刺意味的是,这被视为性别平等的体现,这显然荒诞的性别平等,是权力强制介入的伪装的平等。毕竟,"这是一个官方认定的'男女有别'的国度。"(official 'male and female' territory)(第10页)

在权力强制介入的空间里,井然有序的生活之下到处是紧张的暴力。"核弹男孩"的行为只是对暴力的低劣模仿。那位送奶工则将叙述者推入充满紧张与恐惧的生活。而且,他就来自于反政府派,是紧张的肇事者。整部小说就笼罩在这种紧张的恐惧气氛里。

二、无名的状态

在《送奶工》里,名字的使用被约束在边界之内。《牛奶工》里的社区有一个"禁用的人名列表",犹如一道栅栏挡住了名字的漫游。"社区的灵魂人物通过按时复审,决定哪些名字可以用,哪些名字不可以用。""被禁用的那些名字之所以被禁用是因为它们太像'海对岸'那个国家的名字。"(第25页)但是,负责管理名字的叫做奈杰尔(Nigel)和杰森(Jason),他是少数拥有名字的人,不过,这并非因为他拥有管理名字的权力。他们的名字其实是社区里的人赋予他们的别名。在小说接下来罗列的禁用人名里打头的就是奈杰尔和杰森。两位办事人员的名字正好构成了对禁用名单的反讽。可是,这种反讽只能是加强权力对边界的粗暴划定和守持。小说接着写道:"至于女孩名字,那些来自'海对岸'的名字是可以容忍的,因为女孩名字——除非也应该是庄重威严的,那么另当别论——不涉及政治争论,所以有自由的空间(leeway),不会牵扯到任何法律法规。女孩起错名字,不会和男孩起错名字一样被人们奚落嘲笑，被长期纠缠，被不断追溯，被说成'我们不该忘记'，永远遭人唾弃。"（第26页）女孩的名字在法则里其实是缺席和空白——女性不是权力的主体，而是客体。由此，我们更能看清对强奸罪的条分缕析恰恰揭示了权力对女性的宰制和阉割。女性拥有的空白的"自由空间"恰恰是不自由的。而男人在这套话语机制里是否更自由呢？答案是否定的。"男孩的处境和女孩不一样。对他们而言，关于'允许什么'和'不允许什么'的规定更加死板、更加艰难。"（第119页）在权力话语机制里，每一个人，无论男女，都被严苛地规训着。只不过这套话语机制是父权的，所以对男人的严苛规训呈现出奇异的悖谬，男人也的确更容易上升为权力的拥有者。

　　作为男性，送奶工（milkman）其实不是一个专名，但是在小说的后半部分，我们知道，送奶工的真名就是"送奶工"。我们在这里会产生一个疑感：一个人的真名恰恰被人们认为只是一个职业身份，这是怎么回事？一个人拥有真实的姓名在小说空间里变得异常艰难，甚至不正常。小说里的人物，无论男女，大多都处于无名状态，是被剥夺了自由存在权力的人。

权力剥夺了每个人存在的自主性和可能性。名字意味着每个人属于自己的存在，但是政治权力介入到了名字的使用之中，这是权力的滥用。滥用是通过对边界的划定来呈现的。那么，对边界的重新勘探就成了对边界的扰乱和消解。卡夫卡小说《城堡》中的K就是一个对边界的扰乱者。他是土地测量员，其任务就是对土地边界的重新划定——然而城堡所管辖的村子根本不需要土地测量员，他们不需要或者说害怕一个人来扰乱已经凝固的边界。

当然，小说里的一些人物是有名字的。除了"送奶工"和禁用人名管理者奈杰尔和杰森——后来我们得知他们是夫妻，而且，杰森很爱自己的丈夫奈杰尔。还有，药丸女孩的妹妹苏珊娜·埃莉诺·丽萨贝塔·艾菲——一个接受恐惧的姑娘，她代表药丸女孩的"另一面"（第283页）。这也许正说明了药丸女孩渴望拥有一个名字。另外，"苏珊娜"采用了希伯来语的拼写，意味着"百合花"，代表纯洁、优雅、高贵。丽萨贝塔则采用了意大利语的拼写。所以妹妹的名字有着强烈的异域感，大概代表了药丸女孩渴求着另一种存在可能性。叙述者的曾曾奶奶有一个名字，叫做威尼弗雷德——年代久远的人是有自己名字的。叙述者家的狗也是有名字的，叫莱西。当然作家是有名字的，比如叙述者在噩梦中梦见的普鲁斯特。歌星、舞女、影视明星都是可以拥有名字的，而且基本都是二十世纪的，比如芭芭拉·史翠珊、西格妮·韦弗、凯特·布什、佛莱迪·摩克瑞、朱莉·寇文顿、玛塔·哈丽、詹姆斯·邦德等。这就让小说获得了一种虚实缠绕的氛围。

小说中有一个女人叫做佩吉（Peggy），她后来变成了圣女，就与真送奶工断绝了关系。圣女清除了身上的"男女之间激动浪漫的爱"（personal romantic and passionate love），只剩下对上帝的"无条件的圣爱"（unconditional agape，中译本为"无条件的泛泛的爱"），于是就有了名字。而真送奶工呢，因为无法忘却佩吉开始了"自我施加的流亡"（self-imposed exile）（第359页）。于是，他远离了共同体生活，也就失去了自己的名字，成了"除了佩吉无法爱上任何人的男人"、"除了佩吉故意不爱任何人的男人"、"确立坚定方针不再爱任何人尤其是佩吉的男人"。（第273页）

三、例外的人：出格者

在《送奶工》里，权力的滥用无处不在。这部小说很容易被解读为一部关于性骚扰的小说，但是，它其实是在探讨一个更大的问题，即，正是在一个不健全的权力社会，在一个权力滥用的社会，叙述者遭遇的性骚扰才会发生，更糟糕的是，性骚扰要被误解和诽谤为私通。权力，高高在上，却隐而不见，处处监控、排斥、驱逐那些法则中的例外的人。叙述者就是这样一个例外的人，在小说中被称为"出格者"（beyond-the-pale）。甚至，"出格者"是例外的人身上抹之不去、如影随形的"印戳"（stamp）（第263页）。

出格者是那些溢出界限的人，是那些与权力直接相遇的人。权力，说到底，就是一个社会滥用的强迫力量。英国历史学家麦克法兰在《现代世界的诞生》说过，现代性是一种世俗运动，旨在消除三种强迫性的力量：亲属关系、绝对主义国家（absolutist state）、绝对主义教会（absolute church）。在三种关系消亡后，现代世界才能诞生。在《送奶工》里，我们也许可以追问，现代世界真的到来了吗？这三种强迫性力量真的消失了吗？"边界"难道不正是这三种力量显示其作用的地方吗？

叙述者的母亲——妈（ma），看上去只是一个日常的人，一位唠唠叨叨的亲人。但是，她已然接纳了共同体的权力和法则，时时刻刻规训着作为出格者的"中间女儿"（middle daughter）——我们的小说主人公有三个哥哥、三个妹妹，那么她正好处在边界上，既是男女的边界，也是长幼的边界。一个权力肆无忌惮运转的社会必然要求一个人成为"女人"或"男人"，不能成为一个边界上的性别——因为这个共同体强调"我是男人你是女人"（第8页）。同样，一个人必须成为一个正常的成年人，而不能是一个拒绝成年的成年人。"核弹男孩""药丸女孩"其实都是成年人，却被社区称为"女孩"，显然，他们是拒绝成年的成年人，于是也就成为了出格者。那个真送奶工其实也是一名出格者。在第三章里，真送奶工刚刚出场时，是从"海对岸"那个国家回来的。回来后，他在自己房子屋后挖出一堆来复枪，这是反政府派私藏在这里的武器库。他把来复枪抱到大街中央，对着邻居们大吼大叫，与每一个人吵架。他不能忍受家中的异常事物。于是，"他成为人人皆知的出格者"。（第153页）小说中的女权主义者也被称为出格者。"'女权主义'这个词是出格的。"（第165页）因为她们反对传统，让每一个女性，包括任何肤色、信仰、性取向、残疾、精神疾病，获得自由。

  小说中的父亲是忧郁症患者，后来死于疾病，几乎缺席，而母亲在家庭中承担起了父亲的角色，她认为："不结婚者是自私的，扰乱上帝安排的秩序。"（第49页）她三番五次告诫叙述者——"中间女儿"要信守婚姻的承诺，要去获得"女人的合法地位"，"做一个普通人，和一个普通男人结婚，履行生活中的普通职责。"（第134页）这些谆谆教海无不渗透着社会的权力。我们可以看到,"中间女儿"这样的女性被各种各样的力量规训着。做一个普通女人,其实呈现着权力对男女边界的规定。所以在权力这部小说里已经日常化了。"实际上,你每去一个地方,每做一件事情,都在发表政治宣言,虽然你并不想这样。"(第28页)小说絮絮叨叨的日常语调恰恰就是权力在日常生活中隐幽而亲和的存在。母亲通过作为日常的"妈"而与权力取得同一。正是在母亲眼里,"中间女儿"成为了出格者。人的生存边界是被边界划定的,正常的人不能越出这些边界。在这部小说里,个体正是被暴露在这样一个到处是边界的空间里。

问题的关键是,一个社会如何对待出格者?叙述者不能成为母亲眼里乖顺的女儿,不能成为信守婚姻承诺的女性,于是就成为了一个被社会贱逐的例外的人。这样一个例外的出格者,喜欢"走路看书""边走边读"。对她来说,这是一种保持自我独立的方式。但是对共同体来说，这是一种不正常的行为，等于将自己暴露在危险之中。结果，她真的是迎来了危险，遭到送奶工尾随跟踪。令人不可思议的是，共同体并没有试图保护这样一位暴露在危险之中的人，而是制造谣言，说她与送奶工私通，"说四十一和十八搞在一起真恶心，说二十三岁的年龄差真恶心"。（第1页）可见，共同体通过谣言排除出格者，从而进一步把出格者推入难以复归的深渊。

四、在"准"的国度

在第三章，叙述者去上成人法语夜校。女教师问学生："你们认为天空只能是蓝色的？"学生们的回答是一致的："天空是蓝色的。"然后法语女教师就让学生们看窗外的日落，并问道："你们现在看到了几种颜色？听清楚没有？我问的是几种颜色,是复数。"学生们的回答依然是"蓝色"。对此,叙述者议论说:"一个五颜六色的天空是不被允许的。"(第 79 页)也就是说,在一个法则鲜明的社会,人被规训成单向度的存在,人和世界的丰富性是不能被揭示出来的。在法语课之后,叙述者就看到了日落里的"各种色彩":"颜色交织混合、漫延、晕染"。法语教师告诉学生们:"你们面对日落时的不安,甚至是短暂的仓皇失措,都是一种鼓励。只会意味着进步,只会意味着启发。请不要认为自己背叛了自己或者毁灭了自己。"(第 83 页)法语教师试图让她的学生成为多维度的丰盈生命,同时是会遭遇存在的不安与仓皇失措的生命。法语教师的教诲是让一个人拥有冷静而清醒的自由意志,以及自由意志引领下的选择和行动:"让你们的冷静、清醒再多延续一会。"(第 86 页)"做一个选择,然后付诸行动。"(第 87 页)"做一个改变,只要一个改变,其他一切也都会跟着改变。"(第

109页）行动，是人存在起来的力量，是人切入他人的存在而与他人共享生活的力量，是不断开启生存的可能性的力量。正如阿伦特在《人的境况》里所说："去行动，在最一般的意义上，意味着去创新、去开始，发动某件事。"

叙述者被法语教师激发出来一种思考的力量，从而获得了决定自己的存在的能力。所以，走路读书就是这种能力的体现，走路读书不是单纯对书的迷恋，而是在独立的思考——对自身存在界限的自行划定，从而让她能够辨认自己的存在，辨认爱人的形象。这样的思考让她不会对母亲百依百顺。比如，她与准男友的关系就是经过她自己选择和决定的，他们不愿意同居，而只是保持一种松散的"准"（maybe）的关系，显然有悖于母亲对女儿婚姻的期待。叙述者就"变成了一个无法沟通、游离于社会、自由散漫的女人"。（第135页）

为什么一个追求独立性和可能性的女孩/女人

（她位于女孩—女人的中间地带），却被人称之为出格者，被人跟踪骚扰，招来流言蜚语（rumours）？显然，小说旨在揭示这个社区—共同体（commu-nity）的不正常状态，即，通过将一些特立独行的人排逐出去，社区确立自身的边界和法则。在这个意义上，正是社区—共同体孤立了叙述者，没有给她一个安身之所，而是把她推向危险的深渊。流言蜚语就是这个社区—共同体的无形的暴力。

界限分明的共欧诺个题有着盲目的道德审判，所以，人的真实处境与道德境况之间产生巨大的错位。道德审判经常会抹除一个人的真实的处境。真牛奶工为了圣女佩吉而不再爱任何人，因此也就成为了一名出格者。爱欲在他身上转化为一种过度的极端的东西，他不再爱任何人。这本来是一种对爱的忠诚，可是却为道德法则凝固不化的共同体所不能理解。

共同体看不见真相，只善于编造关乎政治和边界的谣言。真送奶工曾与叙述者有过一次长谈。他们聊到，某某·某某之子最小的孩子从楼上卧室的窗子跌落而死，原因应该有很多种，可能是出于自然原因的死亡，也可能是出于事故引发的死亡。但是在社区的谣言里，死亡必须不正常，"必须出于政治原因"，"必须关乎边界，这意味着可以被理解。"（第159页）

谎言已成为人们习以为常的思维方式。母亲这样的人就是被"谎言"操控的。以至于，"她不想要真相。她想要的是对流言蜚语的确认。"（第242页）她不相信自己的女儿与牛奶工之间是清白的，因为流言已经确定了他们之间的私通关系。

因为流言蜚语，叙述者和准男友之间的关系变得剑拔弩张。因为他们的关系是由各自社区的流言蜚语建立起来的，"这些流言蜚语似乎越来越相互说得通，他的看法从'我不想让他打电话来是因为我为他感到羞耻'变成了'我不想让他打电话来是因为我和送奶工有私情',我的看法从'我不想让他打电话来是因为妈要求我结婚生子'变成了'我不想让他打电话来是因为万一送奶工要了他的性命'。至于说出真相,我认定说出来不会有好结果。"(第304页)在流言蜚语所建构的边界之上,"真相"反而成为了一再被推延到来的缺席之物。

在一个国家、民族、种族、城市、人物的名字均隐去却边界森严的空间里,叙述者要告诉我们的"真相"到底是什么?我们知道,叙述者和准男友的关系不是固定恋人关系,为什么他们不愿意成为"正经的情侣"(proper couple)呢?"我本来希望我们能是正经的一对,能有正式的约会。我一度对准男友这样提起,但他说不对,说这不是我的真心话,看来有件事我肯定已经忘了,他要提醒我。他说我们曾经尝试过——他做我的固定男友,我做他的固定女友。我们约会见面,安排事务,像是要共同走向——就跟那些正经的情侣一样——某种所谓生命的尽头。他说这种做法让我感觉不自在，他说也让他感觉不自在，在此之前，他从没见过我如此恐惧。"（第9页）他们保持"准"的关系是为了不让生命的进程凝固，或者说，不被边界束缚。于是，他们退回到了"'准'的国度"（the maybe territory）。在和准男友分手后几年，叙述者在看电视节目时突然意识到准男友有一种囤积东西的怪癖，屋子里杂乱无章。紧接着，她却说能够忍受这种状态："主要还是因为我们的关系停留在'准'的程度上，这意味着我没有正式和他住在一起，也没有正式对他作出过承诺。"显然，"准"的关系看似只是一种无承诺的松散关系，却也是一种解放的关系。因为凝固的"正经关系"已经被道德化，有着严格的道德、政治、利益边界而不能达成自由的可能的关系。尽管这种"准"的关系刚开始是准男友提出来的，叙述者却慢慢地接纳了，甚至在准男友提出要她来家里住在一起时,她却坚持停留在"准"的关系里。叙述者的逻辑慢慢地发生了颠倒,"在正经的情侣关系中没有什么是'准'的。"(第 181 页)她开始以"准"去测量"正经"(proper)的关系。因为"准"的关系就是可能性。这就像里尔克在《杜伊诺哀歌》第一首里所写的:

> 我们在相爱中相互解放,震颤地经受:
> 就像箭经受弦,以便满蓄的离弦之箭
> 比自身更多地存在。因为留驻毫无指望。
>
> (林克译)

在叙述者所生活的城市里,有一条"红灯街"。之所以叫"红灯街","是因为不想结婚或者不想按传统安定下来的年轻情侣都去那里同居。他们不愿意像大部分还没到二十岁就当上父母的人那样,十六岁结婚,十七岁生孩子,然后陷在电视机前的沙发里，一直到死。"（第45页）由此可见，"准"的关系拒绝那种按部就班的生命方式。"红灯街"建构了一个例外空间。"准"的关系建构了例外状态。这种例外状态不受边界政治束缚，而是渴望具有可能性的爱。

在小说里，"每个人都无法忍受他人"。（第122页）事实上，在到处是恐怖主义者的共同体中，蔓延着"确信不疑的他人之恐怖"（Faithful Terror Of Other People）（第287页）。"准"的关系则重构了共同体中人与人的关系，渴望与他人共存，不依附道德，不遵从边界政治，也不服从权力。"准"的关系设想了一种有别于边界政治的关系，试图"在创伤和黑暗之下努力实现正常状态。发现善良美好（niceties），而不是厌恶反感（antipathies），是共存（co-existence）的关键"。（第122页）

在共存关系里，说到底，联结人与人之间的并非恐惧，也不是界限，而是爱。别有意味的是，不断对叙述者进行道德训诫的母亲其实一直压抑着对真送奶工的爱。叙述者却一直鼓励母亲去面对这份爱，让她勇敢地与核弹男孩的母亲竞争，显然后者同样爱着真送奶工，但叙述者的母亲无法正视自己的爱欲，也就不敢迎接这种竞争。到了小说结尾，母亲也开始走向一种"准"的关系，不再教训叙述者关于婚姻的事情，也不再指责她与牛奶工私通。尽管，"没错但是"（yes-but）的修辞逻辑和思维方式总是试图将她拉回固化、保守的道德领域，而不能与他人建构起一种敞开的、生成中的伦理关系。在叙述者感到无能为力的时候，她邀请大姐来增援，一起鼓励母亲去表达对真送奶工的爱。而对大姐的邀请同时成为了"姐妹情谊有了试探性的修复"。（第365页）由于大姐的到来，母亲头脑中的"没错但是"被驱逐了。一个家庭共同体在"准"的关系里得以重构。人与人的关系不再是一种束缚性的道德关系,而是一种可能性的自由关系,即伦理关系,或者就是"准"(maybe)的关系。

五、 成为女孩—女人

"准"的关系在准男友的父母身上得到了极大的呈现。他们通过艺术重构了婚姻关系,也因此重新定义了出格者。他们抛下四个儿子,离家出走,最终成为了世界级的交谊舞者。他们"最为成功地超越了暗藏杀机的政治分裂。这意味着他们也成了例外中的一员(one of those exceptions)——加入了这里的音乐家、这里的艺术家、舞台和影视演员以及运动员的行列。那些这个社区里在众目睽睽之下成功赢得全体支持的人,同时也招来那个社区的反对和死亡威胁。而这对夫妻,作为极少数的幸运儿,得到了所有人的支持。他们被赋予高度的赞美和权利。他们不只在政治以及宗教领域和反歧视的阵线上被赋予权利,在正常的舞蹈领域,人们也为他们鼓掌,因为他们给所有舞蹈爱好者的内心带来欢乐和神往"。(第43—44页)

叙述者的走路读书同样呈现为一种对出格行为的重构方式。叙述者的"边走边读",是一项让心灵获得自由的精神活动,可是在别人看来恰恰是出格的。主人公的"准男友"就认为这很"古怪"、"不正常","不是自我保护,而是顽固不屈,是令人困惑,在我们这种环境里,让你显得像是个固执任性的人物"。(第308页)然而叙述者不想被规训成一个乖顺的、符合边界法则的女人。叙述者在"最久的朋友"面前有过一次追问:"你是说他(核弹男孩)拿着塑料炸弹到处转悠没有问题,但我在公共场合看《简·爱》就不行?"(第216页)我们知道,简·爱,与"阁楼上的疯女人"构成了奇异的对立,这种对立恰恰是女人不服从自己命运的镜像。简·爱是有着完满爱情的恋人形象,"阁楼上的疯女人"则是有着出格情欲的、癫狂甚至邪恶的女妖形象。恋人和女妖都不是作为贤妻良母的道德化的女人形象。在《牛奶工》里，阅读就是叙述者自我身份的确立，就是在自我内心世界确认了一种有别于社会权力的"爱欲"，在权力化的环境里，阅读的女人会成为一个"疯子"，叙述者又一次反问"最久的朋友"："如果一个碰巧精神健全的人对抗一个失去理智的社会整体和种族心理，在大众意识里他可能会被认为是疯子，那说明了什么——说明那个人真就是疯子吗？"（第217页）

个体对自我存在价值的辨认，会与世界的权力法则产生矛盾和错位。男人在这一冲突中，可以继续做一个任性的男孩。女人在这一冲突中，只能去成为一个不正常的人。这就是一个社会本身的非理性之处。女人，应该可以继续成为女孩，这是一个伦理性的时刻。伍尔芙笔下的女人——"达洛卫夫人"（Mrs. Dalloway）曾经遭遇过这样的伦理时刻。她沉浸在绵远的记忆里，不正是试图唤醒身上的女孩——"克拉丽莎"？

一个女人，不想成为女人，拒绝成为贤妻良母，那么她应该如何去爱？阿兰·巴迪欧在《真正的生活》中区分了四种传统女性的形象——女仆（Domestique）、女妖精（Séductrice）、情人（Amoureuse）和圣女（Sainte）。女仆是家庭主妇—母亲的形象，充满了对家庭的爱。女妖精则是一个自由散漫的女人，甚至声名狼藉的女人，其更极端的形式就是妓女。母亲和妓女之间相互对立。女妖精如果远离了欲望则是情人—爱恋者。情人背负着爱情的梦幻。女妖精体现了不纯的爱情，是欲望的化身，情人则体现了纯洁的爱情，是爱情本身的化身，并且不用成为家庭主妇。爱如果更加纯粹，提升为崇高的爱，恋人就成为圣女。那么，《送奶工》的叙述者并不想成为母亲那样的女人。剩下的出路就是，要么如佩吉那样去爱上帝，成为圣女，彻底不爱男人。要么成为女妖精，将爱发展到欲望、疯狂、暴烈、畸形的状态——这恰恰就是社区对她的误解。要么成为纯粹的情人，将自己交付给爱本身，而拒绝道德规训意义上的爱，也不信任放任自流的过度的爱——叙述者与准男友之间的"准"的关系中是不是将自己塑形为了"情人—爱恋者"？在共同体看来，叙述者的"走路看书"是一个出格的疯狂行为，因此她是一个女妖精。其实，她一直在试图成为拥有纯粹的爱情的人。这是女人把握自身命运的伦理时刻，这是对健全的、理性的、权力的社会的解构，女人是一个异质性的存在，她们需要自己决定自己的命运的展开，自己决定自己身体的使用，自己决定自己精神的安放，以期获得相互解放的爱。女孩，包括男孩，当然是自由的——不自由的恰恰是只能去服从法则甚至占有法则的中年人。年轻人则忠实于自己，从而解构着法则。女孩掌握自己的命运就是敢于成为女孩，或者，成为女孩—女人，在女人中继续保持一部分女孩的存在。而成为良家妇女是逼迫女孩成长，小说中的母亲就是这么干的。女性并非第二性，而是拥有着自己的性，它源于女孩自己的生命力量，她需要成为嵌入女人的力量，而达成女孩—女人的中间状态。

一个人，尤其是女人，想要成为自己，需要去尽情释放属于自己的生命力量，而不是克制自己的生命力量——通过克制与社会的法则妥协已经不是年轻人了。对于作为"中间女儿"的叙述者来说，女孩只有一种未来吗——成为妻子和母亲，贤妻良母？一个女人，应该可以成为女人也可以继续成为女孩，活在一条开放的边界上。

进言之，在动乱、暴力、谎言弥漫其间的社会里，一个人，尤其是一个女人应该如何生活？如何有尊严地生活？《送奶工》给我们的答案也许是：成为能够把握自己命运的女孩—女人，活在可以不断敞开、延展的可能性里,活在流动的伦理中,活在"准"的国度里。

2020 年 10 月

·
爱情的废墟

语言与记忆的存在，使人类经验总是被吸纳进虚构的黑洞，小说的诞生正是要为虚构世界赋予合法性。但是，虚构并非幻觉的尸体，相反，它具有自觉的生命力，其自身语义不断累加、聚合、膨胀，以至达到行将破裂的程度，于是具备溢出自身的可能。小说洞察并凝聚一个时代的精神，同时又不断地摧毁它，从而展示出超越的可能性。小说并不是复印纸、摄影机，它是一种生活的肌体中需要不断被分泌出来的酶和催化剂，它具有神奇的力量去催生一种化合物，同时又能够保持自己的顽固属性。通过文本装置抵达的虚构，总是具备否定的力量，它摧毁并复活一个词语或一个概念，并进一步激活、瓦解甚至创造一种现实。也只有在这个意义上，虚构的文学作品持续地更新着人类的生存经验，它重新命名人类经验，以自身的形式抵抗并试图超越生活的混乱。

拉丁美洲在二十世纪所贡献出的那种绚烂的"魔幻现实主义"，从来不是对现实的服从和临摹。拉丁美洲的小说家们自觉而富于创造性地为自身的经验命名，甚至，反过来，从《佩德罗·巴拉莫》到《百年孤独》，拉美作家们是在用命名的威力来逼迫新现实的诞生，他们试图创造出新的生存经验、生活方式，甚至政治图景。而创造的动力总是来自于文学虚构中的否定力量。

略萨，这位拉美文学的健将，既是一名激进的小说家，又是一名积极的总统竞选人，但是，他在两种身份中游刃有余。他始终坚持小说的虚构性，持续地揭示现实的"谎言中的真实"。他相信："写小说不是为了讲述生活，而是为了改造生活。"（略萨，《谎言中的真实》）当然，虚构并不是让小说直接滑入幻象的漩涡，虚构是对现实的创造性变形和背叛，这一切都是为人类内心深处潜藏的混沌梦境塑形，从而揭示生活中残忍的贫乏。虚构，作为欲望与现实之间的过渡地带，它是"一种灵敏的缓冲剂"。（略萨，《谎言中的真实》）虚构缓解着现实的逼迫性挤压和疼痛，又不断激发着人类的梦想。

小说的否定和消解能力正是对现实神话的诋毁和改造。艺术作品在对现实的摧毁中又补偿了一个世界。在 2006 年的新作《坏女孩的恶作剧》[①]

[①] 略萨：《坏女孩的恶作剧》，尹承东、杜雪峰译，人民文学出版社，2010 年 10 月。

中，略萨就义无反顾地将小说的否定势能充分释放出来，他的敌人是爱情，或者借用书后附录的访谈中的词汇，是"浪漫主义爱情的神话"。在爱情方面，略萨在《胡利亚姨妈和作家》（1977）、《继母颂》（1988）、《情爱笔记》（1997）等小说已经探讨过乱伦、性自由、性倒错等观念，每本小说的主题各不相同，但是都提供了一种偏移一般爱情观念的引力。在《坏女孩的恶作剧》中，他将这种偏移的引力加强到极致。这部小说也触及性自由、性虐待、窥淫癖，但它们都没有占据小说的主要空间。这部小说展示的爱情犹如一团虚无的迷雾，这充分印证了本雅明的说法，小说作为一门现代艺术，"诞生于孤独的个人……小说显示了生命深沉的疑惑"。（本雅明，《讲故事的人》）

在这部小说中，略萨放弃了他惯常的对位法、立体主义叙事，或者被他本人在《给青年小说家的信》中命名为"中国套盒"的小说结构。《坏女孩的恶作剧》统一在一个单一的叙述者身上，这个叙述者就是里卡多·索寞库尔西奥，生于1935年，一名从小就梦想去巴黎的秘鲁人，梦想"到巴黎去过幸福美满的日子"。（中译本，第8页） 1960年代初，他终于带着秘鲁一所大学的法律学位证书来到巴黎，在联合国教科文组织翻译部谋得一份差事，以编外人员的身份接受临时的文件翻译。在玛利亚·路易萨·布兰科的访谈中，略萨把自己笔下这个主人公称作"一个消极平庸的人"。里卡多初到巴黎就向革命家保尔坦言，他的"全部幻象就在于找到一份稳定的工作，能够今后在巴黎马马虎虎地度日"。（第24页）不久，他继承了阿尔韦塔姨妈的遗产，买了一套装饰派风格的房子，最终在巴黎定居下来。这套位于约瑟夫·加尼埃街的两室小房子是里卡多整个人生梦想的停泊地，他的人生体验的视域也被束缚在这里。里卡多并不是一个彻底平庸而无聊的人。他喜欢阅读，他的巴黎之梦就起源于童年时代对保罗·费瓦尔、凡尔纳、小仲马的阅读。他还翻译过不少文学作品，比如契诃夫、蒲宁、多丽丝·莱辛、保罗·奥斯特、图尼埃尔，甚至一度试图翻译阿赫玛托娃的长诗《安魂曲》。他还偷偷写诗。但是这些东西非但没有增益里卡多洞穿生活与现实的能力，反而给他涂抹出无数孱弱的幻觉。他会在谈情说爱甚至做爱的时候向女人背诵聂鲁达或卡瓦菲斯，在餐厅里向女人指出海明威或布勒东曾在某张桌子上进餐。甚至在极度绝望企图在米拉波桥上自杀时，他依然在吟诵阿波利奈尔的诗句。这些幻觉妨碍了他触摸生活的简单残忍的质地。他幻象的泡沫需要一个外力来刺破。"坏女孩"也许就是那根锋利的刺。

"坏女孩"应该是小说的真正主人公，与里卡多相反，她拥有变动不居的身份、名字和爱情。在她还是"智利小姑娘"时，她的梦想就是不断溢出一个稳定的空间："旅行，旅行，不断地旅行，周游世界上的所有国家。"（第 10 页）她为梦想行动，身份犹如善于迁徙的候鸟一样变动不居：智利小姑娘莉莉、女游击队员阿特莱同志、古巴查孔司令的情人、阿努克斯夫人、理查森夫人、福田夫人、索寞库尔西奥的妻子、马蒂内丈夫的情人。这是一个"像磷火一样忽隐忽现的女人"。（第 153 页）爱情就是她那双折射波西米亚光芒的候鸟翅膀。对她来说，爱情并不是甜言蜜语和浪漫主义的幸福梦幻，而是使生活发生不断变化的动力。她是一个"发疯的女孩"、"女冒险家"、"无所顾忌的小女人"。（第 114 页）

里卡多却始终如一，从少年时代开始就"像小牛犊一样"疯狂地爱着坏女孩，他们总是传奇地相遇、偷情，但是坏女孩总是从他的生活中逃逸出去，不断地出走，给里卡多留下无限疑惑与痛苦。里卡多一共向坏女孩求过十五次爱，但略萨总是不让坏女孩轻易就范于里卡多平庸的梦想中。虽然，里卡多对坏女孩的爱情是毋庸置疑的，除了几个维持短暂关系的女人，坏女孩几乎是他爱恋一生的女人。他极度迷恋坏女孩，甚至一直保存着坏女孩留下的一只娇兰牌牙刷。但是，残酷的是，坏女孩并不是里卡多的生活所能容纳的一个女人。直到第六章，重病康复后的坏女孩才嫁给了里卡多，那个时候里卡多已经将近五十岁了，但不久，坏女孩又一次离开。里卡多最后一次见到的是已经处于癌症晚期的坏女孩。虽然这一次是坏女孩主动地回到里卡多身边，死亡却又一次将她带走，而且是彻底地带走了。

在小说开头，坏女孩在一个"神话般的夏天"，跳着曼波舞，现身于狂欢节舞会。这是一个马尔克斯般的小说开头。小说凝聚于一个封闭而神奇的空间。接下来的章节却是对这个空间的彻底击碎。小说的空间显得异常开放而驳杂。坏女孩身上的"神话般的夏天"的疯狂一直没有褪色，反而更加浓郁起来。她是一个神秘的女人。她的真实身份直到第六章才揭示出来。坏女孩的原名叫做奥蒂丽塔,她出生于一个贫穷的家庭,可是,"她生下来就有伟大的梦想,她不满足于自己的命运"。(第321页)坏女孩和里卡多的人生都开始于"梦想"。不同的是,里卡多是一个很容易满足的人,他的梦想总是被现实所接纳、驯化。坏女孩却永远是一个无法被里卡多控制的女人,她总是比里卡多更加强势。她是一个颠倒了的包法利夫人、一个清醒的行动的包法利夫人、一个逃逸中的包法利夫人。她总是对命运感到不满足,不断地修正自己的生活,她的欲望和梦想总是胀破、溢出现实世界。这种欲望和梦想在小说中肆虐似的蔓延,就像略萨在评价《洛丽塔》时候所说的,使小说"深深扎根于人性中最生动的东西:欲望和为本能效力的想象"。(略萨,《洛丽塔已过30岁》)

  坏女孩的爱情时刻游移,它无法被命名。在这个人物身上显示出一种真正的小说精神，小说以一种动态的方式描述不可传达的想象力，这种想象力无法被轻易地定义。因为定义总是在灭绝事物："以一种定义来体会一个事物，无论定义多么随意，都是在拒绝这个事物，是把它变得乏味而多余，是在灭绝它。"（齐奥朗，《解体概要》）而想象力总是为事物赋予增值的意义。坏女孩的爱情拒绝定义，拒绝服从于现实中一切关于爱情的观念。

小说的叙事者是里卡多。但是，对于坏女孩这个人物，我们必须从里卡多的视角中跳跃出来。坏女孩在里卡多眼中的美与恶都不可轻信。

里卡多这个人物身上充满着很多悖论。他在生活里是一个犬儒主义者，但是，对坏女孩的爱情无时无刻地改变着他的这种生活态度。他对爱情总是具有无可救药的浪漫主义幻觉。而坏女孩偏偏把里卡多的甜言蜜语称作"俗不可耐的话"。这种"俗不可耐"是深入骨髓的。略萨要批评的也许正是人性中这"俗不可耐"的一面,他试图摧毁人类情感语义中石化的这一部分。这种石化的幻觉在另一个人物萨罗蒙·托莱达身上得到了放大。萨罗蒙·托莱达的爱情哲学与嬉皮士胡安·巴雷托是一致的:"恋爱是一种错误。"(第 153 页)他精通多国语言,终于得到一次机会去东京的三菱公司担任为期一年的专职翻译,但是,在东京,他疯狂地爱上了美津子,一再声称要控制女人的他却鬼使神差地反而被女人所控制,最后因被美津子抛弃而自杀。在这个人物身上,我们可以诊断出人性中那种根深蒂固的爱情疾病。

里卡多屡次遭受打击几近绝望,但他每一次总是会燃起"幸福之光"。而他的这种幸福又是建立在他稳定的生活观上的,它是虚弱而无力的:"当激情力求与……富裕安宁的生活态度达成妥协时,它就丧失了全部力量和幸福。"(本雅明,《评〈亲和力〉》)虽然,对爱情的激情常常使他稳定的生活发生"深刻的变化"。但是,他的激情最终总是被生活所消解。他提供的幸福图景很容易就被坏女孩残忍的离去击碎,到他人生的晚年,爱情几近于一个废墟。即便如此,里卡多依然并不能从这种幸福梦境中彻底清醒。就在他刚刚对胡安·巴雷托说过"任何热情或爱情都已经产生了免疫"之后不久,当他得知坏女孩在东京的消息,又开始迅速燃起了"幸福之光",开始拼命向坏女孩靠拢。但是,坏女孩的新丈夫福田是个窥淫癖。就在里卡多与坏女孩做爱的时候,里卡多发现坐在房间的阴影里窥视他们的福田。这一打击对于里卡多是致命的,他对爱情几乎陷入虚无主义的泥沼。可是,坏女孩离开福田后又回来找里卡多。此时,坏女孩的身心已经遭受了极大的创伤,因为福田除了有窥淫癖,还是个性虐待狂。里卡多借来了高额贷款为她治疗。她逐渐康复并嫁给了里卡多。这一次,他以为终于抵达了自己的幸福梦境,坏女孩甚至当起了家庭主妇。但是，里卡多位于约瑟夫·加尼埃街的两室小房子对于坏女孩来说终究像一个监狱，这种平庸无聊的生活让她苦恼、窒息，她再一次义无反顾地离开了里卡多。

小说一直处在里卡多的稳定与坏女孩的逃逸之间的张力中。如果说里卡多代表一个受限制的必然世界，那么坏女孩代表着一个无拘无束的自由世界。横亘在这两个世界之间的深渊，就是小说。小说以深邃的虚构摧毁着两个世界的纠缠不清。在小说中，必然世界从来无法束缚住虚构的自由世界。

大多数现代主义小说往往拥有蜗牛般的叙事速度，笼罩着一种湿润而氤氲的时间之雾，比如普鲁斯特的《追忆似水年华》、伍尔芙的《达洛维夫人》、别雷的《彼得堡》、乔伊斯的《尤利西斯》、福克纳的《我的弥留之际》、索尔·贝娄的《赫索格》、洛伊的《微物之神》、帕慕克的《黑书》。这些小说在枝蔓丛生的绵长叙事中抵消着自然时间的重力，从而变得轻盈。不过，《坏女孩的恶作剧》却具有飓风一般的速度，它并不将某个时间片段从序列中剥离出来，让它铺展为一个汪洋的大海。小说的时间跨越将近半个世纪，在七章中跳跃式前进。小说的空间设置在秘鲁、法国、英国、日本、西班牙五个国家。这部小说在时间上的跳跃伴随着空间的位移，犹如在下一盘时空的象棋。小说第一章开始于1950年，地点在秘鲁首都利马。第二章的主要时间是1962年和1965年，地点从利马置换到巴黎。第三章的主要时间是1970年左右，地点在伦敦。第四章的时间是1980年，地点则变换成东京。第五章的主要时间是1982年，地点又回到巴黎。第六章的时间是1984年末，地点回到小说开头的利马。第七章也就是最后一章是在1988年，又转移到西班牙首都马德里，并结束于法国的塞特港。尽管小说具有大幅度的时间和空间跨越，但是，每一段时间在一个城市出现时都是短促而迅疾的，时间如沼泽地的水雾一般弥漫进空间的各个隐秘角落中从而淹没小说的进程。也许，略萨这样做的目的是试图将小说的重心从展示叙事的魔力转向爱情的解构上。无论如何，这部小说一反常态，不致力于制造一个"拉康派的迷宫"（第236页），而是呈现出别致的清晰，虽然这种清晰丝毫没有妨碍略萨语言一贯的驳杂。

当然，时间主线的清晰依然抵挡不住略萨惯常的枝蔓丛生的叙事。小说中的各种次要人物推动着叙事的进行，他们为里卡多和坏女孩的相遇提供了可能，同时这些人物分散着小说的聚焦点，拓展着小说的空间。第二章中的厨师保尔，第三章中的胡安·巴雷托，第四章中的"译员"萨罗蒙·托莱达，第五章中的"不会说话的小男孩"伊拉尔，第六章中的防波堤建造者阿基米德，第七章中的西班牙姑娘马塞利亚。其中，保尔和胡安·巴雷托这两个人物传递着波澜壮阔的二十世纪下半页的历史经验。保尔的另一身份是革命家，他身上萦绕着六十年代浓郁的乌托邦激情。对他来说，古巴革命是一个改变历史的契机："历史如乌龟爬行那样慢慢腾腾地发展了那么多年后，突然间，由于古巴，它一下子变成了一颗流星。应该行动起来，在行动中学习，跌倒了再爬起来。"（第 26 页）他属于一个叫做"左派革命运动"的组织，他在巴黎联络着各种秘鲁青年争取奖学金去古巴接受游击队训练。保尔的革命梦想近似略萨的小说观："所有的小说的心脏里都燃烧着抗议的火苗。"（略萨，《谎言中的真实》）小说像革命家一样抗议僵死、贫乏的现实，以强大的野心提供一种不受限制的生活。

里卡多在伦敦遭遇中学同学胡安·巴雷托，他是 1970 年代嬉皮士运动中的一员，他向里卡多灌输着当时最先锋的性爱观："幸福的秘密，或者说至少是平静的秘密，是善于把性和爱分开。所以，如果可能的话，就把浪漫蒂克的爱情从你生活中清除掉，因为浪漫蒂克的爱情让人遭罪。"（第113页）在里卡多看来，"坏女孩实实在在主张的就是这样一种哲学，毫无疑问，她一直遵从这种哲学行事"。（第113页）当然，这只是里卡多的理解，略萨写这样一部漫长的小说不可能只是为了传达一种性解放的观念，这对于小说写作的2006年来说，已经不是什么需要大肆宣扬的革命观念。对于略萨这样一名坚持小说虚构性的作家来说，他的作品总是在超越着自己的时代。他总是在传达一种否定的经验："虚构并不复制生活；它排斥生活，用一个假装代替生活的骗局来抵制生活。但是，它以一种难以确立的方式来完善生活，给人类的体验补充某种人们在实际生活中找不到、而只有在那种想象的、通过虚构代为体验的生活中才能找到的东西。"（略萨，《藏污纳垢之所》）在这部《坏女孩的恶作剧》中，略萨再一次试图提供一种超越以往任何爱情观念的爱情，一种不断否定自身的爱情。坏女孩无法在某一种爱情空间里定居下来,从拒绝里卡多的第一次求爱开始,她总是一再逃离,从而实现了她对各种爱情的否定。她的不断逃离造成了里卡多的绝望,里卡多由于全部生活幻觉被撕碎而陷于幻灭之中,他终于变得什么都"不相信"(第344、373页)。但是,小说又不是在宣扬一种彻底的虚无主义,正在里卡多随着岁月变得沉静而虚无的时候,正在被死亡逼迫的坏女孩又反讽一般地回到了他身边,并且表现得如里卡多所梦想的那样,"像一个模范妻子"。

小说描摹了那么多喧嚣的城市,但终结于一个宁静的海边小城,那是法国现代诗人瓦雷里的故乡,瓦雷里最后安葬于这里的海滨墓园,墓碑上铭文就是他的长诗《海滨墓园》中的句子:"多好的酬劳啊,经过了一番深思,/终得以放眼远眺神明的宁静!"(卞之琳译)

但是,这一宁静是在爱情神话全面塌陷后的里卡多眼里才出现的,此时身患癌症的坏女孩即将死去。呈现在里卡多眼前的与其说是"神明的宁静",还不如说是一个爱情的废墟。直到小说的结尾,我们才得知,这部小说其实是里卡多的回忆录,是一部一个体验到爱情的废墟感之后的老人写下的回忆录。当然,我们不要忘记,这一切只不过是略萨的虚构,略萨是要以魔术般的虚构来摧毁现实,从而拯救生活。

2011 年 1 月

肺叶上的睡莲

我力图叙述人们从未读到过的故事。

——鲍里斯·维昂

《岁月的泡沫》[①]，一部从欢乐开始却以忧伤结束的书，小说前半部分充满对爱情的渴望、甜蜜

[①] 鲍里斯·维昂：《岁月的泡沫》，陈矿译，广西师范大学出版社，2010年9月。

与愉悦,后半部分则被疾病与死亡带来的伤感、绝望所笼罩。鲍里斯·维昂的这部小说让人想起安徒生童话《海的女儿》。在那个童话里,小美人鱼没有得到理想中的爱情,化作了海面的泡沫。《岁月的泡沫》也是一部关于爱情的小说,它像《海的女儿》一般凄美,被法国诗人雷蒙·格诺称为"当代最令人心碎的爱情小说"。

小说的时间开始于一个周六,闲散的周末。小说的空间基本在巴黎,除了主人公科兰和克洛埃去南方度蜜月途中所居住的旅馆。

科兰是一个刚过二十岁(据法文版是二十二岁,但在中译本第一百九十页上出现的是二十一岁)的小伙子,他住在路易·阿姆斯特朗大街,这是一条充满阳光的街道,科兰喜欢阳光,维昂特意交代厨房走廊"太阳可以照到每个角落",餐厅"采光很好"。如果留意小说第九十三页(中译本)的描写,可以发现,科兰的卧室"通过一个五十厘米高、同墙面一样宽的窗户采光"。与阳光对应的是科兰的性格："他一天到晚几乎总是一副心情愉快的样子。"小说的第一个空间是浴室，科兰正在里面洗浴，这是一个封闭、私有而安全、愉悦的空间。在小说第一页，科兰在浴室中的镜子里看到自己的面貌，像一个音乐喜剧《好莱坞餐厅》中的演员，这个形象让科兰辨认出了自己，也帮助我们辨认出了科兰。

科兰，这个快乐的男人，一名衣食无忧的纨绔子弟，他渴望恋爱。恋爱的结果却给他带来无限的忧伤。在一次生日聚会上遇见的十八岁女孩克洛埃，后来成为他的妻子。克洛埃是小说最后出场的主要人物，要到第四十四页才出现，但她将占据小说剩余部分的主要篇幅。不幸的克洛埃肺叶上长出了一朵巨大的睡莲，不治身亡。科兰的数万金币花完之后，为了给克洛埃治病，他到处去寻找工作，变卖心爱的鸡尾酒钢琴。科兰在小说结尾处的形象,是一个忧郁的复仇者和厌世者,他等候在水塘边,要杀死浮出水面的睡莲,而且拒绝进食,变得越来越虚弱。维昂曾经用一句简洁的话概括这部小说:"一个男人,爱上了一个女人,她病了,她死了。"

在小说第二页,科兰开始想念好友希克。希克与科兰同龄,都是单身汉,住得不远。每周一,科兰会邀请希克去他家吃饭。但因为科兰的想念,希克这一次将在周六来到科兰家。这种时间的伸缩、跳跃和穿梭体现了维昂小说的超现实主义特点,在小说中经常出现。希克是小说出场的第三个人物,在他之前,厨师尼古拉已经现身在厨房的电烤箱边。希克是恋物癖者,他狂热地收集让-索尔·帕尔特的一切著作,甚至他的演讲录音、衣饰、日常用具,并因此花完了科兰送给他用于结婚的两万五千个金币。最终,他丧失了爱情,也失去生命。他因逃税被捕,在反抗中被警察开枪击毙。他的女友阿丽丝，是厨师尼古拉的外甥，与克洛埃一样是十八岁。阿丽丝是第四个出场的主要人物，又是第一个出现的女主人公，现身于一个溜冰场上。但希克爱让-索尔·帕尔特的书籍远胜于阿丽丝。阿丽丝最终杀死了让-索尔·帕尔特，杀死了很多卖给希克书籍的书商，烧毁了书店，并自焚身亡。

小说第三页出场的是厨房中的小灰鼠，它们是与阳光一起出现的，由厨师尼古拉喂养。它们喜欢与摔碎的阳光幻化出的小球追逐、嬉戏。这群小灰鼠中的主角是一只黑胡须小灰鼠，喜欢吃肥皂，科兰、尼古拉、克洛埃都喜欢与它交流，它会做出相应的反应：漠不关心、点头、思考、厌恶、郁闷等。小说以小灰鼠的自杀为结局，小灰鼠要求一只猫把自己吃掉，在小灰鼠与猫的对话中，我们得知科兰在水塘边杀睡莲的行为。

与小灰鼠在同一页上出场的是厨师尼古拉，即阿丽丝的舅舅。他二十九岁，可是他的年龄会变化：在幸福的日子，是二十一岁，在痛苦（比如科兰家遭遇不幸）的日子，他变成三十六岁。尼古拉是一名天才的厨师，喜欢用法国十九世纪著名厨师古费的《食谱》烹饪。他爱上科兰的朋友伊希斯。但由于门第悬殊，伊希斯与尼古拉的爱情并不成功。伊希斯是第五个出场的主要人物，与小说另外两位女主人公一样也是十八岁，她是在溜冰场上紧跟着阿丽丝出现的。正是在伊希斯的老狗杜邦的生日宴会上，小说最核心的两个人物科兰与克洛埃相识了。

小说的主人公全部到齐了。三个年轻男人：科兰、希克、尼古拉，都渴望爱情；三个女孩子：克洛埃、阿丽丝、伊希斯，她们都是十八岁，一个美好的年龄，帕慕克《纯真博物馆》中那个动人的女孩芙颂也是这个年龄。另外，还有一只黑胡须小灰鼠。他们构成了小说的晶体结构。晶体的核心无疑是爱情。科兰与克洛埃的爱情是晶体上最耀眼的两面。克洛埃的疾病和死亡是小说最忧伤的部分。《岁月的泡沫》书写的是一种纯粹的忧伤，克洛埃的不治之症从天而降，不可思议。也许维昂是为了证明幸福的短暂性和不可能性，这体现出维昂受存在主义影响而产生出的对荒谬世界的悲观态度。1940年代，维昂一度追随存在主义，与萨特、加缪、波伏娃等过从甚密，而且经常赞颂萨特。萨特和波伏娃也十分欣赏《岁月的泡沫》，曾推荐维昂为七星奖候选人。当然，维昂并不是一个彻底的存在主义者，他从不承认自己是存在主义者，有时候甚至反对存在主义，在《岁月的泡沫》第十三页上就有对存在主义的调侃。《岁月的泡沫》中的作家让-索尔·帕尔特影射的正是萨特，在小说仅有的两次出场中，都似乎隐藏着存在主义的问题：在一场引起骚乱、天花板坍塌的报告中，面对眼前的混乱、血腥和死亡场面，他的反应竟是"他拍着大腿，开心地笑了，看到居然有这么多人被卷入这场意外事件中，很是得意"。当阿丽丝试图阻止希克的疯狂而要用摘心器杀死帕尔特，他竟然主动配合，解开衣领上的纽扣。

面对荒谬的现实世界，维昂试图借助虚构和想象力从现实中超越出来，使现实具有梦幻的性质，这是他与存在主义的差异。《岁月的泡沫》在思想上可能借助于存在主义，但其想象力则来自于达达主义和超现实主义。当然，这本小说也透露着阿尔弗雷德·雅里在十九世纪末创制的荒诞玄学（Pataphysique，又名啪嗒学）的强烈影响。维昂曾加入荒诞玄学学院，甚至担任过"总督"（Satrape），这个学院由桑多米赫博士于1948年建立，成员大多是著名诗人、作家、戏剧家、画家、音乐家、哲学家，比如科克托、格诺、普莱维尔、尤奈斯库、阿尔诺、恩斯特、米罗、鲍德里亚、艾柯等。无论如何，绚烂的想象力使这本忧伤的小说又具有欢乐的色调。

维昂经常被称为鬼才、怪才和天才，他桀骜不驯，恃才傲物，曾经将罗曼·罗兰的书当做凳子给书商坐，他信奉先锋派艺术，罗曼·罗兰的艺术手段对他来说太陈旧了。在《岁月的泡沫》中，维昂把想象力演绎到极致，富于不可一世的野性。科兰用放大镜在浴室照镜子，脸上的粉刺看到自己的丑陋被放大，就躲到皮肤中去了；尼古拉在自来水龙头上捕捉鳗鱼；云朵会裹挟着恋人散步；阳光经常摔碎在地上，变成闪光的小球；一位女士在溜冰时产下一个硕大无比的蛋；眼泪变成冰棱掉在地上摔碎；科兰的溜冰场月票被打过两个洞，所以眨着眼睛，当被打上第三个洞时，它就瞎了；领带会咬人；科兰与克洛埃度蜜月的旅馆，四季在里面共处；打碎的玻璃重新生长；科兰家的瓷砖会呼吸；科兰与克洛埃迟到，赶不上医生的预约时间，调一下手表就可以了；克洛埃肺叶上长出睡莲，一天只能喝两勺水，以渴死睡莲，克洛埃的房间里要放满各种鲜花，让睡莲羞于开放；科兰找到一份工作是用人的体温种植枪管，他种植的最后一批枪管上开出白玫瑰……《岁月的泡沫》证明了小说是一门虚构的艺术。小说正是在想象力的世界里获得自己的合法性。维昂在小说序言中坦言"我从头到尾虚构了这个故事"。维昂信赖小说的虚构力量，小说是一个更加真实的世界，强大的虚构可以超越荒诞现实的束缚，从而抵达小说的自律以及人的真正自由，在这个意义上，维昂纠正了存在主义的悲观及其盲目的左派情结。

生活在卡夫卡、博尔赫斯、卡尔维诺、纳博科夫、马尔克斯、卡彭铁尔、鲁尔福、帕慕克时代的读者是幸福的。在这个时代，虚构已经上升为文学的一种基本态度。虚构越来越被视作重构并纠正世界的基本力量。"最高的信仰是信仰一个虚构。"（史蒂文斯，《徐缓篇》）纳博科夫也曾说过："在我看来，任何一部杰出的艺术作品都是幻想，因为它反映的是一个独特个体眼中的独特世界。"(纳博科夫,《文学讲稿》)纳博科夫的这段话是用来评价卡夫卡的《变形记》的。维昂加入的正是从卡夫卡以来的虚构文学的庞大谱系。《岁月的泡沫》是一部坚持小说的虚构与自律的作品,虽然它的许多想象荒诞不经,以至于让它看上去像一部离谱的幻想作品。对于这一点,纳博科夫写过一句用来为卡夫卡的幻想做辩护的话,这句话同样适合于维昂:"如果你读了卡夫卡的《变形记》后,并不认为它只是昆虫学上的奇想,那么我就要向你祝贺,你已加入优秀而伟大的读者的行列。"(纳博科夫,《文学讲稿》)当然,虚构并不是幻觉的自我意淫,相反,它具有强大的纠正力量。《岁月的泡沫》出版于写于1946年,那是"二战"刚刚结束后的第二年,小说中那种轻盈的想象力正好构成了二十世纪沉重的黑暗与暴力的反面。有一批忠实的作家开始进行沉重的书写,而维昂加入另一批作家的序列,他们"把文学视为一个纠正非正义的途径……他们的目标不在于描述那杀戮,还在于指出在它之前是什么:生活、家庭的安宁、它的假日的欢乐、它的傻瓜们的呼喊,以及它的孩子们的智慧"。因为,在之前的黑暗时代,"词语已经被破坏"。诸如维昂的那些作家的任务是要重新唤醒甚至发明一种与暴力时代相左的语言,因为他们知道"有必要创造一个欢乐的世界来反抗一个悲哀的宇宙"。(威塞尔,《一个犹太人在今天》)在这个意义上,我们也许才能理解维昂这部忧伤的小说中那些欢乐的想象力。

维昂在小说中还喜欢杜撰词语,使用生僻词以构成反讽,或者在音形相似的词语之间联想,从一个词语出发作语义上滑翔而引申出一连串相关词语。这些在小说里比比皆是,使小说在语言本体上也展示出无限的想象力。

小说对想象力的倚重还体现在意象式的书写方式上,这种手法显然继承了法国文学中的象征主义，尤其是波德莱尔的通感理论。比如小说开头与科兰常常一起出现的阳光，它们跌碎在地上，幻化出闪烁的小球，而当克洛埃生病后，阳光射进屋内却形成一片片凝滞不动的小水洼。克洛埃生病后，射进房间的阳光越来越少，房间变得越来越小，她死后，房间的天花板和地板突然粘合在一起。伊希斯在宴会上送给科兰和克洛埃一只花色小蛋糕，但是科兰在蛋糕中吃到了刺猬刺，科兰因尼古拉的失言扔过去一只皮鞋，却打碎了旅馆的玻璃。这些都隐喻着爱情的不幸。克洛埃在婚礼上出现的咳嗽，克洛埃度蜜月的旅馆随处可见的雪，以及第二天起床胸口落满的雪花，则隐喻着克洛埃的怪异疾病。阿丽丝自焚后留下无法燃烧的金发，隐喻阿丽丝理想的爱情。意象的运用使这部小说具有诗歌的气息。

音乐的优美旋律荡漾在小说的各个部分。维昂在小说的序言中说过，这世界上只有两件事是永恒存在的：爱情和音乐。他本人酷爱音乐。一九四三年，他曾与人组建过克洛德·阿巴蒂业余爵士乐团，他担任小号手。他又是作曲家、乐评家。他的乐团曾获过多次国际大奖，尤其是一九四五年十一月参加第一届布鲁塞尔业余爵士乐团国际比赛时，摘取了除荣誉奖以外的全部奖项，获世界冠军称号。《岁月的泡沫》的主人公科兰也酷爱音乐，他的客厅中专门有一个长形的矮柜，用来放置唱片，以及一台多功能点唱机。更奇妙的是，他拥有一台鸡尾酒钢琴，可以用不同的音乐调制出各种鸡尾酒，鸡尾酒钢琴融合了酒精和音乐的迷幻力量。科兰住在以音乐家命名的路易·阿姆斯特朗大街上，路易·阿姆斯特朗是美国著名的爵士乐演奏家。科兰还发明了一种"斜眼看我舞"，它所依据的是声波振荡原理。音乐增加了小说悲观基调中的欢乐气氛。这一点，也使他疏离于存在主义，成为美国黑色幽默派的先驱，他的名字经常与海勒、冯内古特、品钦、巴思等联系在一起。音乐在小说中的另一个作用是暗示主人公的命运。比如,女主人公克洛埃的名字与一首艾灵顿公爵改编的《克洛埃——沼泽之歌》同名,科兰与克洛埃在生日宴会上首次相遇时,唱片机播放的正是这首曲子,"沼泽"隐喻着克洛埃右边肺叶上长出睡莲的不幸命运。希克到科兰家赴宴时,在鸡尾酒钢琴上弹奏的是一首艾灵顿公爵和米雷录制的爵士乐《没有爱的爱情》,隐喻着希克与阿丽丝的爱情——希克将爱情转换成了对让-索尔·帕尔特著作的狂热,冷落了阿丽丝。

作为小说的《岁月的泡沫》中也有批判的力量,比如对警察、宗教、战争、机械文明的非人性等的反讽和否定。但是,批判的任何一个方面都不能上升为小说的主题,它们和尽情演绎的想象力一起都被控制在小说文本的疆域之内。小说作为一个语言织体应该具有强大的收束能力,将各个面向结构为一个整体。这是维昂作为小说家的优异能力,也是《岁月的泡沫》作为一本小说的自律所在。

2010 年 10 月

刊于《书城》2011 年 1 月号

初名《一个虚构的野孩子——评鲍里斯·维昂小说〈岁月的泡沫〉》

洋葱地窖中的眼泪

"为什么一直等到现在?"德国作家君特·格拉斯在小说《蟹行》①的开头这样追问。为什么不愿意忍受记忆逐渐黯然失色?为什么要在滋润的当下生活中一再地、充满违和感地揭开历史的伤疤?这是我阅读格拉斯的时候一直在思考的问

---

① 君特·格拉斯:《蟹行》,蔡鸿君译,上海译文出版社,2005年。

题。在许多部漫长的小说中,我都能感受到格拉斯的写作所携带着的紧迫感和隐忍感,虽然这种力量是深藏不露的,从表面上看,他的文字铺张而放肆、自由而愉悦。不过,他并不相信文字只是用来浪费和消费的。尽管他一再声称作家是不可靠的见证者,但是他从来没有放弃过对历史记忆的揭示和重塑。

格拉斯是在"二战"后的废墟中成长起来的一名德国作家。迟至今日,我们已经很难想象"二战"给人们所带来的荒芜感。伯尔(Heinrich Böll)等人的"废墟文学"除了龟缩在文学史的某个角落,已经很少在书店的醒目位置占据一席之地。战后的德国,用格拉斯《相聚在特尔格特》中的描述来说,到处是如此这般的景象:"城乡迭遭破坏,蔓草盈野,满目荒凉,鼠疫肆虐,民众流离失所,更兼条条道路极不安全。"这段话是用来描述德国的"三十年战争"的,正如鲁西迪在《君特·格拉斯》一文所说的,"二战"是一场规模巨大得多的"三十年战争",这两场战争后的德国的景象是相近的,"一无所见,唯有瓦砾"。

> 这是我的帽子,
> 这是我的大衣,
> 这里,我的修面用具,
> 在我的亚麻布袋里。

> 这是食品罐头:
> 我的盘子,我的杯子,
> 我在白铁皮上
> 刻下了自己的名字。

> 刻在这里,
> 用这根昂贵的钉子,
> 我将它藏匿,

>避开贪婪的目光。

（胡桑　译）

写下《清单》这首诗的是与格拉斯同属"四七社"的诗人君特·艾希，这另一个君特与格拉斯一样曾经因"二战"时入伍而被囚禁在美军俘虏营。战后的废墟加上俘虏营的恶劣条件大概在两个君特内心铭刻下了极度的匮乏感。对他们来说，写作也许就是慰藉这种匮乏的药剂，不过更为重要的，写作是自我确认的途径，就像艾希在白铁皮上刻下自己的名字，格拉斯在《铁皮鼓》中创作过一个众所周知的人物——侏儒奥斯卡·马策拉特，他一直敲打着那只铁皮鼓，犹如一个反讽的存在，他每一次的敲击都像是在铭刻自己的存在。两个艾希不约而同地选择了"铁皮"（Blech）用以铭刻二十世纪触目惊心的晦暗历史和个人存在，"铁皮"这种金属足以传达格拉斯文字的坚硬质地以及具有不和谐感的音质。奥斯卡在《铁皮鼓》第一章中就用铁皮鼓的乐音敲出了《老虎吉米》，让人们挑起了查尔斯顿舞，扰乱了一次演讲台前的纳粹集会。因为在井然有序、强力、霸道的纳粹音乐里，奥斯卡的铁皮鼓制造出反常的乐音，却唤醒了人们记忆中的另一个节奏。

格拉斯是一位向历史记忆频频回顾的作家，尽管他自我认属的精神导师是德国作家阿尔弗雷德·德布林，他尤其欣赏德布林的长篇小说《山、海与巨人》。所不同的是，德布林的小说不动声色地批判了未来的乌托邦——一个技术统治世界而没有作家的世界；格拉斯的笔同样警惕技术对世界的全面统治，他甚至认为，奥斯维辛就是技术"进步"的结果。从没有一场大屠杀像在奥斯维辛集中营里进行得那么积极、那么有计划、那么富有成效。格拉斯的笔却并没有伸向反乌托邦的丛林，而是刺入被逐渐遗忘的历史记忆。他在《抵抗的权利》

(1983)中写道:"作家要让往事不得休眠,解开快要结痂的伤口。"从《铁皮鼓》到《剥洋葱》,他在文字中的目光总是向着过去凝注,在他的作品中,我们能够听到最多的是记忆的尖锐回声——不过,《母鼠》是一个例外,它在格拉斯的作品谱系中创造了一种未来型叙述,像是对德布林的致敬。

除了德布林,格拉斯拥有许多其他的精神上的导师:塞万提斯、拉伯雷、多斯·帕索斯、托马斯·沃尔夫等。从他们身上,他习得了驾驭庞大现实的视野以及自由地变形语言的能力。他不愿意移情于废墟和伤痕,更不愿意移情于战后的德语。他认为,与现实的废墟相比较,德语的废墟更为触目惊心。纳粹从根本上摧毁了德语,致使战后的德语变得支离破碎、极度贫乏,更致命的是,就像鲁西迪在《论君特·格拉斯》中说过的,德语是"一种恶魔在其中找到如此动听的声音的语言,一定是危险的语言"。这一点使格拉斯这样的"二战"后作家蒙羞。在如此情形下,语言的重建就成为降临到战后一代作家肩上的迫切任务,格拉斯想要做的是,让德语摆脱纳粹的教化,重获审慎的判断力,或者如鲁西迪所说,"要重新发明德国语言,要把它撕碎、扯下中毒的部分,再把它缝合起来"。

"结束之后即是词语"。鲁西迪在另一篇《君特·格拉斯》中如是说。作家所有的抱负首先浸透在语言的工作之中。格拉斯在德语中创造了一种清醒的声音,他试图借此剥离二十世纪德语的意识形态痂层。乔治·斯坦纳在《君特·格拉斯札记一则》中富于激情地写道:"格拉斯开始撕裂或融合词语。他把词语、方言、习语、陈词、标语、双关和引语统统倒进熔炉,生产出火热的熔浆。格拉斯小说有一种滂沱的粘液力量,充满了瓦砾和刺鼻的碎片。"这样的语言时刻拨动着战后德国读者们的阅读神经,使"二战"后的德国读者从意识形态的幻梦中惊醒,格拉斯的小说具有一种"唤醒历史的必不可少的莽撞"。格拉斯尤其推崇波兰诗人米沃什的著作《被禁锢的头脑》,视其为家庭常备药,米沃什在这本书里清醒地描绘了如何持续不断地对抗意识形态的诱惑,就像格拉斯自己所做的,通过反叛当下而参与当下。

作家,是拆毁钟表的人,是重建时间的人。普鲁斯特、伍尔夫、乔伊斯、克拉斯诺霍尔卡伊、阿兰达蒂·洛伊就是这样的作家。格拉斯也是。他曾通过奥斯卡之口重建了时间:"时钟是什么?没有成年人,它就什么也不是。成年人给它上发条,把它拨快或拨慢,送到钟表匠那里去检验、拆洗,必要时还请他修理。另外一些现象,要是没有成年人乱猜瞎想,也同样毫无意义,譬如布谷鸟过早地停止鸣叫,盐罐倒放,大清早见到蜘蛛,黑猫待在左边,他们都认为是不祥之兆。"(《铁皮鼓》第一篇《玻璃,玻璃,小酒杯》)

格拉斯创造了一个概念用来指称自己作品中的时间——"过现未"（Vergegenkunft），这种时间有着融合了过去（Vergangenheit）、现在（Gegenwart）、未来（Zukunft）的"同时性"。他在《奥斯维辛之后的写作》中写道："'作家是那种针对流逝的时间而写作的人。'这种被认可的写作态度的前提是，作家不是将自己看作高高在上的，或者处于永恒之中的，而是看作同时代人（Zeitgenosse）。"而阿甘本在《同时代人》中的说法我们已经耳熟能详："同时代性是那种通过脱节或时代错误而依附于时代的联系。"

值得一提的是，在语言的重建中，格拉斯批判了在"二战"后极为流行的海德格尔的哲学语言，《狗年月》中就有一部分是对海德格尔术语的戏仿。其中的原因大概是，海德格尔哲学语言的缠绕、混沌和周而复始使格拉斯产生了反感，这样的语言从另一个方面遮蔽了历史记忆的可怕内核，从而使对历史记忆的揭示成为虚妄之事。乔治·斯坦纳在《君特·格拉斯札记一则》中写道："格拉斯知道，德国高傲晦涩的哲学话语对德国精神的伤害有多深，对德国人清晰思维和言说的能力的伤害有多深。格拉斯就像捏住了德语词典的喉咙，想把德语旧词中的谎言和假话统统掐死，想用笑声和谐谑来清洗它们，使他们焕然一新。"不来梅广播电台文学部主管哈罗·齐默尔曼在《忧思之光》中进一步指出，格拉斯所创造的"陌生化的艺术形象都是为了反对海德格尔可怕的语言的。……反对对'存在'的絮叨……从对存在的絮叨中，人们能察觉到'与人民血肉相连'这种阴魂不散的纳粹神话"。事实上，终其一生，格拉斯在反思德国历史所催生的纳粹主义以及使一个民族走向封闭而暴烈的民族主义。

遗忘总是来得那么迅速。西德的经济腾飞和货币改革使阿登纳政府可以轻松地宣称，"二战"已经过去了，纳粹的罪行一去不复返了，令人不堪的记忆不再与当下的人们相关。格拉斯的顽固在于，他从不放弃将晦暗的记忆一再地挖掘出来，在当下暴晒。直到2002年，他还写出了《蟹行》这样激烈的小说，将人们再一次带向"古斯特洛夫号"难民船被苏联击沉的惨烈海难，并且明确无误地告诉人们，新纳粹主义依然游荡在德国的大地上。

格拉斯是一名具有非凡勇气的作家，当然，他缠绕着真实的历史气息的文体在战后德国作家中也是独一无二的。他在《铁皮鼓》中写过一个叫做"洋葱地窖"的酒馆，这个酒馆让人们面对面坐下来剥洋葱，在泪水的流溢中，让客人们重新体验历史的痛楚。格拉斯写道："我们这个世纪日后总会被人称作无泪的世纪，尽管处处有那么多的苦痛。"不过，洋葱在这里并不是一种净化剂，而是一颗炸开板结的记忆地层的炸弹。"洋葱地窖"里的眼泪是反讽性的，格拉斯借此讥讽了二十世纪的人们对于苦难的无动于衷和遗忘。他的小说一直竭尽全力地将失忆的人们拖入记忆的巨大漩涡之中。

格拉斯一再地剥开记忆的洋葱,在泪水中,暴露出那些触目惊心的历史事件,尽管他很少直接书写历史事件,它们作为气氛,其存在却是一些挥之不去的幽灵。事实上,格拉斯晚年的自传回忆录就叫做《剥洋葱》。不过,格拉斯所书写的并非是那种哭哭啼啼的伤痕文学,而是一种在见证与愉悦之间不断缠绕的文学。他在和哈罗·齐默尔曼的对谈中说过,他的追求在于"能把诙谐从事物当中发展出来"。总而言之,读格拉斯的小说,体验到的不仅仅是历史记忆所带来的重负,更有一门自由的语言被重新发明出来之后产生的快乐。

2015 年 4 月

刊于《新京报》2015 年 4 月 18 日

发表时篇名由编辑改为

《君特·格拉斯,不被禁锢的头脑》

虚构的血液

萨尔曼·鲁西迪的《午夜之子》是一部关于诞生的小说。主人公萨里姆·西奈诞生于印度独立之日（1947年8月15日）的午夜，他与一个国家一起诞生，在午夜之后一小时内诞生的孩子一共是一千零一个。在人类的各种语言中，诞生总是与可能性绑定在一起。鲁西迪在小说中写道："现实（reality）可以拥有隐喻的内容；这并不会让它失去几分真实（real）。一千零一个孩子降生了，这就有了一千零一种可能性（以前从来没有在同一时刻同一地点有过这样的事），也就会有一千零一个最终结局。可以将他们看成我们这个被神话所支配的国家的古旧事物的最后一次反扑，在现代化的二十世纪经济这个环境中，它的失败完全是一件好事。或者，也可以将他们看成自由的真正希望所在，如今这个希望永远被扑灭了。但是，他们绝对不会是一个病人胡思乱想所构造出来的离奇故事。不，疾病与此毫不相干。"说这段话的人正是午夜之子萨里姆（此时他已32岁，是玛丽·佩雷拉开办的酱菜厂的管理者），听者则是其未婚妻帕德玛——这个叙事结构沿袭了《一千零一夜》，当然，其自由放任的叙述与奇异绚丽的隐喻也承继了《罗摩衍那》与《摩诃婆罗多》这两部印度史诗的诸多技艺。鲁西迪自从14岁以后就前往英国求学，以后一直在那里生活和写作，他作为一个局外人，却始终追寻着印度文学和历史传统。他在流散中回到印度及其记忆。值得注意的是，在帕德玛的眼里，萨里姆语无伦次的叙述是一种疾病，这就让《午夜之子》成为对《一千零一夜》的戏仿。反讽是这部小说的基本语调，如果说，莎赫札德通过讲故事泯灭了舍赫亚尔国王的残忍与暴虐，那么，萨里姆的故事只是激发了帕德玛的好奇、惊讶与疑惑。

也许，萨里姆（或者说鲁西迪本人）的确感染了一种疾病，即小说中所谓的"印度的疾病"——"将整个现实封装（encapsulate）到自己的作品中"。"封装"这个词似乎呼应着小说结尾所谓的"腌制历史"。书写历史，犹如腌制酱菜，作者所要做的是将历史的所有细节以高度浓缩的方式装入瓶中，"准备送出去让这个患有健忘症的国家使用"。没有记忆的国家，也就没有未来。

埃利亚斯·卡内蒂曾为真正的作家开列了三个条件：首先，他需要融入自己的时代，成为其谦卑的奴仆，其次，他应具有一种去把握他时代的严肃的意志，追求渊博性，再次，他要挺身反抗他的时代，不是反抗时代的某一方面，而是反抗整个时代。鲁西迪的小说实现了卡内蒂的理想，他是一名扑向历史，最大限度地展开历史的丰富性，并批判着自己时代的作家。鲁西迪就像具有心灵感应能力的萨里姆一样，是一座"全印度广播电台"（All-India Radio）。但是，他认为独立后的印度希望创造新历史的神话已经破灭了，小说所写的最后一个历史事件、英迪拉·甘地实行的"紧急状态"就是很好的证明。

正如列维纳斯晚年一部书的名字所揭示的，十九世纪以来，这个世界正处于一个"诸民族的时代"，所有人都与民族国家的命运联系在一起，这在现代东方文学中尤为明显，弗里德里克·詹姆逊甚至断言第三世界文学内部缠绕的都是民族的寓言。民族，不是欧洲人眼中的黝黑、邋遢、奇异的民族,而是霍米·巴巴所谓的在非形而上学视野中呈现出来的撒播—民族(dissemi-nation)。《午夜之子》试图将整个南亚次大陆大半个世纪的现代历史写入小说,时间从1915年一直延续到1980年左右,这么大的历史跨度是与他对历史记忆的理解难解难分的。与马尔克斯隐喻化的历史书写不一样,鲁西迪小说中的历史更为清澈、尖锐。他在《想象的家园》一文中写过:"往昔是一个国度,我们都从这个国度迁徙而来,它的失落是我们人性的一部分。"这不禁让人想起年轻的印度女作家基兰·德赛的小说《继承失落的人》。不同于基兰·德赛笔下的失落的法官——他隐居于喜马拉雅山麓一个小镇,试图逃离历史,《午夜之子》中的人物纷纷缠绕于真实而混沌的历史,甚至被裹挟进历史漩涡的中心。小说中很多人的命运与历史息息相关,他们是历史的牺牲品,而不像大多数西方小说那样是个人选择的承担者。导演了"狸猫换太子"的助产士玛丽·佩雷拉，将两个孩子调包的理由是恋人、激进的共产主义者乔瑟夫·德哥斯塔的观念——颠覆穷人与富人的区隔，这一轻率的举动彻底改变了萨里姆和湿婆两人的命运。萨里姆的家人全都死于1965年印巴战争的炮弹。他的妻子帕娃蒂死于印度1975—1977年实行"紧急状态"时对贫民窟的清理。

小说中还贯穿着三个国家的诞生：印度（1947）、巴基斯坦（1956）和孟加拉国（1971）。人与历史的缠绕，是这部小说最重要的特征。萨里姆这样叙述自己的诞生："这一来我莫名其妙地给铐（handcuffed）到了历史上，我的命运与我的祖国的命运牢不可破地拴在了一起。"萨里姆一家人在克什米尔、阿格拉、孟买、拉合尔、达卡和新德里之间的辗转迁徙与这三个国家的命运密不可分。然而，米兰·昆德拉在《小说的艺术》中说过："不应把两件事混为一谈：一方面，存在着考察人类生存的历史尺度的小说;另一方面,存在着图解某一历史情境,在某一给定的时刻、某一小说化的编年史中描写某一社会的小说。"鲁西迪的小说叙述绵密丰满,体量庞大,沟壑纵横,他的雄心并非是要演绎某一阶段的历史,而是在世界的丰盈中考量人、国家与民族的命运。正如鲁西迪在小说中所写:"想要理解一条生命,你必须吞下整个世界。"只是,鲁西迪所欣赏的并非巴基斯坦作家莫欣·哈米德在《无奈的归根者》(中译名《拉合尔茶馆的陌生人》)中的"归根者",他并不相信历史拥有自己的根本。

小说是一种虚构的生活,但是对于鲁西迪来说,这还不够,小说必须揭示生活的广博性和复杂性。鲁西迪的小说场面恢弘,然而结构混乱——这是一种有益的混乱,在这种混乱的缝隙里,小说人物展现了自己不可化约的丰盈生活。伴随着印度、巴基斯坦和孟加拉国的独立,小说中的"边界"越来越多,不止于此,伊斯兰教、印度教和基督教之间的边界也如荆棘一般存在于小说人物之间。在梅斯沃德山庄,新近成为西奈家保姆的玛丽·佩雷拉与老仆人穆萨之间的冲突原因之一就是宗教,玛丽是基督徒,穆萨则是伊斯兰教徒。穆萨在偷窃了主人的财物被发现后,恼羞成怒地辩护道:"太太,我偷的只是你们值钱的东西,可是你跟你的老爷,还有他父亲却偷走了我的一生。我年纪这么大了,你还弄来一个基督徒保姆来羞辱我。"除此之外,还有传统与现代之间的冲突,比如德国留学归来的医生阿达姆·阿齐兹与地主女儿纳西姆·格哈尼婚后在床上的冲突,以及阿达姆·阿齐兹与保守的船夫塔伊之间的对立。

塔尔可夫斯基在电影《乡愁》中通过诗人戈尔恰科夫之口说过,只有废除国与国之间的边界,人们才能相互理解。然而,《午夜之子》恰恰展示了一个建立边界的痛苦过程,呈现了在历史、宗教和语言之间的边界上产生的难以化解的差异与冲突。大概只有对这种差异性的揭露和记忆，才有可能让当代世界从冲突中清醒过来，将世界想象成为一个容纳着异质性的整体，从而让冲突的部分得以和解。

小说题目中的"午夜之子"是复数，他们一共有一千零一人（组成一个"午夜之子俱乐部"），每一个都具有奇异的天赋，出生时间越靠近午夜十二点，其法力就越大。萨里姆准时降生于午夜十二点钟声敲响时，因此他的法力最强大，可以心灵感应，能够进入别人的内心，还拥有极为灵敏的鼻子，不过他的鼻子不断地流着鼻涕。另一个午夜之子、街头歌手瓦妮塔的儿子湿婆降生于同一时刻，私人诊所助产士玛丽·佩雷拉却将他们调了包，家族血液在这一瞬间发生了断裂。还有一个午夜之子、女巫帕娃蒂后来带着身孕成为萨里姆的妻子，她腹中孩子的真正父亲其实是瓦妮塔的儿子湿婆，这个孩子同样出生于午夜，属于下一代午夜之子，家族的血液却在他身上又一次发生断裂，这个孩子流落于印度教徒街头艺人社区。按照小说结尾的交代，这个世系将一直绵延下去，直到第一千零一代。但每一代不具有血统上的连续性，他们是通过虚构血液而维系着自己与过去的联系——正如萨里姆所说："我继承的遗产也包括这一天赋，就是无论何时，只要有必要，就能发明出新的父母。"午夜之子在断裂中传承并更新着历史，他们像尘土一样混迹在作为整体的人群中间，穿越甚至消弭着历史中的各种边界，他们代表着可能性和希望。

2016年1月

刊于《新京报》2015年10月30日；

《青春》2016年第2期

初名《午夜之子：虚构的血液》

被禁止的爱

在迷宫般的小说《微物之神》①的核心,印度小说家阿兰达蒂·洛伊安置了一张威严而残忍的、由"爱的律法"钩织而成的罗网,这张网一再地闪现于小说之中,成为进入小说核心的秘密通道——"或许阿慕(Ammu)、艾斯沙(Estha)和她(瑞

---

① 《微物之神》,阿兰达蒂·洛伊著,吴美真译,人民文学出版社,2016年版。

海儿，Rahel）都是最糟糕的逾越者。但不只是他们，其他人也是如此。他们都打破了规则，都闯入禁区，都擅改了那些规定谁应该被爱、如何被爱，以及得到多少爱的律法，那些使祖母成为祖母、舅舅成为舅舅、母亲成为母亲、表姐成为表姐、果酱成为果酱、果冻成为果冻的律法。"（中译本，第28—29页）"爱的律法"既来自于等级森严的种姓制度，又来自于不合时宜的家族权力，也来自于游荡在后殖民地的阶级幽灵。"爱的律法"构成了爱的禁忌，它深嵌在印度社会的结构之中，在洛伊的书写中得到触目惊心的质疑。当然，对于律法的逾越并没有让《微物之神》成为一部乏味的政治说教小说，反而让它在错综复杂而又清澈迷人的叙述中嵌入撕心裂肺的现实力量和精神构型。因此，小说的叙述破碎不堪，却依然如星辰般绚丽，如泉流般温和，庞杂而丰盈，混杂着印度次大陆的花香、汗臭、乐音、暴雨、湍流、激情和困境。

《微物之神》有着错综复杂的叙事框架，大量场景穿梭在 1969 年和 1993 年两个年份，各种回忆萦绕在这两个时间点上：去科钦看电影《音乐之声》，苏菲默尔的到来、溺水身亡和葬礼，果塔延警察局里的审讯和殴打，阿慕的童年、婚姻和自杀。1969 年，那个庞大的家族生活在一起，马上面临分崩离析，1993 年，分崩离析后的家族遗留的两个孩子，异卵双胞胎艾斯沙和瑞海儿又一次相聚，此时的故事发生地阿耶门连已物是人非，尽管如此，严酷的律法一仍其旧，横亘在这对纠缠于亲情与爱情之中的双胞胎。他们在黑暗中相拥："他们是在偶然的机会中邂逅的陌生人。"（第305页）

他们的母亲阿慕早在 23 年前与其来自贱民阶层的恋人维鲁沙先后死去。她曾经借助婚姻逃离等级森严、死气沉沉的阿耶门连和家族，然而她的丈夫（在小说中是无名的）虐待她和孩子们。后来她爱上维鲁沙，只不过，他们的爱在各种阻力中走向触目惊心的失败。小说在这里也许揭示了个体（精神）自由在当代印度的步履维艰。出生在印度，他们始终需要去面对、反抗那些障碍，那些有形和无形的狰狞律法。而正是阿慕对律法的挑战让这对异卵双胞胎分别了23年：艾斯沙被送往远在加尔各答的、已再婚的父亲那里，瑞海儿则留在阿耶门连的外祖父家。生离死别，在这部小说里获得最耀眼的面目，对其根源的追问构成小说最深刻的动机。

　　小说的叙事空间中充满层层区隔，正是这些区隔左右着小说人物的命运。英语与土著方言马拉亚拉姆语之间的对立状态揭示了空间和权力的差异性。英语代表理性、规则和秩序，马拉亚拉姆语代表想象、混乱和失序。双胞胎一再表达出对英语语汇的奇异想象，而他们的英语读写错误一再地被纠正。双胞胎的舅舅恰克毕业于牛津大学，与英国妻子离婚返回印度后，就跃居为"一家之主"。在他们家族的"天堂果菜腌制厂"，阿慕付出的劳动不少于恰克,然而,恰克"总说那是'我的'工厂、'我的'凤梨、'我的'腌果菜。就法律而言,情况的确如此,因为身为女儿的阿慕无权拥有财产。恰克告诉瑞海儿和艾斯沙,阿慕'没有法律地位'。恰克说:'你的就是我的,我的仍然是我的'"。(第52页)同一个家庭内部却有着不同的权力空间:作为男性,恰克拥有无上的家族权力,而作为女性,阿慕在这一权力空间中一无所是。

恰克可以随意跨越各种边界,他自称马克思主义者,与工厂女工们无礼地调情。阿慕与维鲁沙之间却隔着难以跨越的障碍。维鲁沙是一名"帕拉凡"(Paravan),来自贱民阶层,属于"不可碰触者"(Untouchable)。他身上充满了各种反讽:他的名字在马拉亚拉姆语(Malayalam)中意味着白色,实际上他的皮肤特别黑,这个名字让他的卑贱身份变得异常醒目;尽管他加入基督教,其地位却一如既往地卑贱,天堂果菜腌制厂的工人们拒绝阿慕雇佣他为木匠；一个生来就不幸的人，健硕的背上却有一块树叶状的胎记被阿慕称为"幸运之叶"。

在阿慕眼里，维鲁沙"轮廓分明、强壮结实，一个泳者的身体，一个泳者和木匠的身体，一个以许多身体光亮剂擦亮的身体。他有高高的颧骨和一个突如其来的、露出白牙的微笑"。（第165页）阿慕看到了晶莹的爱欲，维鲁沙也看到了。在爱欲诞生的时刻，历史和伦理的重压仿佛烟消云散。"在那短暂的时刻，维鲁沙抬头看，见到了他以前不曾见过的事情，见到了到当时为止一直被禁止进入的事物，被历史的护目镜弄模糊的事物。简单的事物。例如，他看到瑞海儿的母亲是一个女人。他看到她微笑时有深深的酒窝，看到在微笑自她眼中消失后许久，那酒窝依然停留在那儿。他看到她棕色的肩膀是浑圆的、坚实的、完美的，看到她的肩膀在闪闪发光，但是她的目光却望向别处。"（第166

页）这一瞬间，身体成为自由的存在。不过，这只是短暂的幻觉，意欲获得解放的爱欲在小说构筑的权力空间里被迅速扼杀，因为他们的爱在严酷的现实中是被禁止的，"历史的恶魔回来要回他们，重新将他们裹在它古老的、布满疤痕的毛皮里，将他们拖回他们真正生活的所在。在那儿，爱的律法决定了谁应该被爱，如何被爱，以及得到多少爱。"（第167页）困兽犹斗的维鲁沙求救于共产党，试图以激情的革命来颠覆各种身份和阶层组成的障碍，最终却惨烈地失败了，并付出了生命的代价，他被警察殴打致死。"他们是在为一个社会接种，使它能够免去一场暴动。"（第288页）他不属于这个"社会"，他是给这个社会带来危险的例外者。

恰克在"阿耶门连房子"（Ayemenem House）中与女工们寻欢作乐，玛玛奇将他的"爱"视为"男人的需要"，并在房子另设了入口，于是淫荡的关系成为正当的存在。这所房子承载着所有的家族和历史权力，它具有东方韵味的、迷宫般的花园由双胞胎的姑婆宝宝克加玛所营建。她由于爱上穆利冈神父而改宗天主教，却并没有获得爱的回报，随后被送往美国学习园艺设计。这份爱因穆利冈的死而终结。然而她将受到压抑的爱恋转化成对别的爱恋的仇恨。她诬告维鲁沙，将恋爱中的阿慕囚禁在阿耶门连房子。她痛恨相爱的双胞胎。

阿慕和维鲁沙的住处之间有一条河流，在小说的结尾处，维鲁沙游过河流与阿慕相拥、亲吻、抚摸，"一个发光的女人向一个发光的男人敞开自己。她宽广而深邃，就像一条泛滥的河流。他在她的水上航行"。（第313页）在拥抱之前，维鲁沙脑袋中一闪而过的却是："我可能失去一切，我的工作、我的家人、我的生计，一切。"（第311页）小说的残忍就在这里，作为"泳者"的维鲁沙最终并没有能够跨越这条河流。这是一条区隔的河流，一条区隔了身份和阶层的河流。他们两人却无视区隔而相爱，必须为此付出代价。维鲁沙经常划着小船过河与阿慕幽会，在他父亲看来，这一举动属于碰触了不可碰触之爱。维鲁沙最终被陷害而遭受殴打致死。那条河流在小说中一再出现，似乎寄托了洛伊绵绵无尽的忧伤、愤怒和绝望。维鲁沙死后，阿慕随之自杀："三十一岁。不算老。也不算年轻。一个可以活着，也可以死去的年龄。"（第3页）苏菲默尔也是在这条河中溺死的。她的死亡一直幽灵般地盘旋在小说上空，激发了各种矛盾和人性的晦暗。

有一次，艾斯沙和瑞海儿趁着阿慕在午睡偷偷驾着小船来到了河对岸的维鲁沙家。溜回来后，阿慕默念："她知道他是谁——失落之神，微物之神（the God of Loss, the God of Small Things）。"（第210页）洛伊试图要告诉我们，在历史的漩涡里，许多卑微的人成为失落的人。这个"失落"的主题，更年轻的印度作家基兰·德赛写过一部同样令人难以忘怀的小说——《继承失落的人》。克拉斯诺霍尔卡伊·拉斯洛的《撒旦探戈》同样展示了一个失落的世界。在一个几乎被世人遗忘的破败不堪的村子,一个浸泡在十月雨水的泥泞与寒意中的破败的农业合作社马约尔庄园,每一个人都在自己的欲念和苦痛中苦苦挣扎,却又被边界隔成一个个孤岛,都试图逃离"这个毫无希望的不毛之地"。艾什蒂,一个忍受着孤独与痛苦的女孩,一直在折磨着自己的猫米库尔。痛苦是无法沟通的。她只能隔着玻璃窗偷窥村民们在酒馆里的狂欢。她最后毒死了猫并服毒自杀。这本小说让我们目睹了许许多多在失落的世界里那些被边界隔绝的生命。纳博科夫在《文学讲稿》里说过:"小说表现的是人类命运的精妙的微积分,不是社会环境影响的加减乘除。"但是,倘若社会环境深深嵌入人类命运的微积分,那么,小说也可以是社会环境缠绕其中的竞技场,一个历史在里面喧哗躁动的地铁站,或者,一枚人类生活和生命的晶体。

《微物之神》并非一部阐释"地方性知识"的小说,而是一部揭示人类命运微积分的难以定义的文学作品,它天马行空、羚羊挂角,无法被意识流、魔幻现实主义、民族主义、后殖民主义等概念所穷尽,当然也不能被印度这个政治地理空间所约束。它播撒出一堆错综芜杂的碎片,每一块碎片都折射着一个完整的世界,有着具体而微的面目、色彩、声音和气味。这是一部揭示边界、触摸边界以及企图用爱来超越边界的小说。在这部充满炫目碎片的小说中,边界无处不在,永恒存在:"边缘、边界、分界线和界限(Edges, Borders, Boundaries, Brinks and Limits)就像一群侏儒,在他们俩各自的脑中出现,有着长长的影子的小矮人,自'模糊的末端'巡视。"(第3页)这些含混而残忍的边界凝视着小说里的人物和生活,它们等着被逾越,正在被逾越。就在这些边界上,栖居着被遮蔽、被伤害的卑微的人和事物。他们是神,却无力拯救自身。也许,爱就是渺小的事物,因为"律法"之类的宏大事物可怖而无从改变,因此人们,比如阿慕和维鲁沙,艾斯沙和瑞海儿,只能"紧紧抓住渺小的事物"(第315页),祈求不被历史的洪流裹挟而去。

2017 年 7 月 11 日

刊于《书城》2018 年 2 月号

我的名字叫城市

帕慕克在《天真的和感伤的小说家》里设想了一类作家,他们在"天真"和"感伤"之间徘徊,或者,综合了两者。他在书中写道:"天真的小说家和天真的读者就像这样一群人,他们乘车穿过大地时,真诚地相信自己理解眼前窗外的乡野和人。因为这样的人相信车窗外景观的力量,他就开始谈论所见的人,大胆提出自己的见解,这让感伤—反思型小说家心生嫉妒。感伤—反思型小说家会说，窗外的风景受到了窗框的限制，窗玻璃上还粘着泥点，他会就此陷入贝克特式的沉默。""天真"让小说家听从经验的召唤，感受一片树叶降落的路线，感受秋日雨水在街面的轻抚，感受人与人之间的照拂。"感伤/反思"让小说家趋近智性的沉思，辨认经验的起源和限度，辨认生活的内外形式，辨认自我与他人之间政治的、伦理的关系，甚至辨认超验的存在。他心目中的小说家试图找到天真小说家和感伤小说家之间的平衡。在帕慕克看来，一个作家，成为既是天真的又是感伤的（反思的）作家，就既忠实于自己的经验，能够穿透自己的经验，又能够对这个自己与他人共在的世界进行打量、观察、提炼和创造。

帕慕克的写作大致有两大类：一类是把伊斯兰的过去作为背景去讲述一个悬疑神秘的故事，比如《我的名字叫红》《白色城堡》等，另一类是关注现实的、当下的伊斯坦布尔,比如《黑书》《纯真博物馆》《我脑袋里的怪东西》等。前一类小说偏于感伤,后一类小说偏于天真。当然,这只是强行的分类,其实帕慕克的写作一直在试图汇合天真和感伤两条溪流。他每一部书都有着令人难以忘怀的个性。《我的名字叫红》的激情与开阔,《雪》的愤怒与冲突,《黑书》的幽深与敏感,《纯真博物馆》甜蜜的忧伤与任性的欢愉。《伊斯坦布尔》[①]则将帕慕克自己嵌入传统的幽暗不明的版图。在这些书里,帕慕克处理土耳其尤其是伊斯坦布尔这座城市和他自身存在的关系。他忠实于现实,也想象,他的大多数小说和散文采用了普鲁斯特式的写作方式,章节之间错落松散,并非环环相扣,却有着波斯细密画一样斑斓的细节和谨慎的构形。他一方面处理、安放自己的经验与记忆,另一方面又要呼应

---

① 《伊斯坦布尔》,奥尔罕·帕慕克著,何佩桦译,上海人民出版社,2007年。

传统的光照与阴影。他的书的核心故事往往十分简略，背后却总是安置了一个流动的、复杂的意识世界。

伊斯坦布尔是帕慕克之城，比如在《黑书》《纯真博物馆》里。特别是《伊斯坦布尔》，让他得以深情地打量这座城市，召唤这座城市内在的魂灵。事实上，帕慕克从未离开过这座城市，除了短暂的漫游，他一直生活在这座城市的各个地区，没有离开过童年时代的房屋、街道和邻里。我们都知道，伊斯坦布尔是一座古老的城市，拜占庭帝国的都城，当年的君士坦丁堡。埃布鲁·宝雅的《伊斯坦布尔：面纱下的七丘之城》讲述的却是这座城市作为帝都的终结之日：1453年5月29日，那一天，奥斯曼帝国攻占了君士坦丁堡。帕慕克在《伊斯坦布尔》中是这么讲述这个日子的："对西方人来说，1453年5月29日是君士坦丁堡的陷落，对东方人来说则是伊斯坦布尔的征服。"（《土耳其化的伊斯坦布尔》)伊斯坦布尔正是一座夹在东西方文明裂缝中的城市。帕慕克笔下的伊斯坦布尔既是一座1453年以来摇身一变的新的都城,"土耳其化的伊斯坦布尔",又是一座奥斯曼帝国瓦解后的"废墟之城","充满着帝国斜阳的忧伤"。这是他在《奥尔罕的身份》这一篇中写下的文字。他继续写道:"我一生不是对抗这种忧伤,就是(跟每个伊斯坦布尔人一样)让她成为自己的忧伤。"帕慕克在自己的记忆之井中,一直在辨认着两股洋流交汇时的冷暖和缓急,更是在拓印自己身上的记忆失落的忧伤。

帕慕克将《伊斯坦布尔》视为自传,至少有一半是自传,另一半是关于伊斯坦布尔这座城市的,关于他童年眼中的这座城市,以及他在历史迷雾搜寻而得的记忆幻景。但是,"自传"并不意味着这是一份经验的档案文献,恰恰相反,这是一个关于自我的构造物,是一座容纳复杂自我的创造性的建筑。事实上，帕慕克热爱绘画，他在伊斯坦布尔科技大学所学的专业就是建筑，他的祖父是建筑师，父亲从事与建筑相关的生意。不过他最终没有成为纸上的建筑师——画家，和现实中的建筑师。《伊斯坦布尔》的结尾如是写道："'我不想当画家，'我说，'我要成为作家。'"

帕慕克在《天真的和感伤的小说家》里面提到过一个观点：文学是第二生活。作家生活在自己创造出来的语言的构造物里，才能建构出真正的生活。他在《伊斯坦布尔》的开篇《奥尔罕的分身》里就追问，姑妈家墙壁上挂着的自己的照片里，是不是"住在另一栋房子里的奥尔罕"，那是另一个自我的幽灵？显然，帕慕克并不觉得自我是单数的、稳定的，自我是复数的、流动的、增殖的。童年帕慕克痴迷于镜中的自己，邂逅"我的另一个陌生人"。(《母亲、父亲和各种消失的事物》)进言之，帕慕克笔下的伊斯坦布尔也在流动和增殖，甚至在被虚构。

在这本散文里,帕慕克到底如何建构起了一座城市?他说在三十五岁时曾梦想写一部《尤利西斯》风格的伟大小说,用来描写伊斯坦布尔。我们知道,《尤利西斯》就是一本漫游之书,因为漂泊、自我找寻、拯救心灵而失败。而帕慕克写的四位作家——记事录作者希萨尔、诗人雅哈亚、小说家坦皮纳、记者历史学家科丘都在伊斯坦布尔"终身未娶,独自生活,独自死去"。(《四位孤独忧伤的作家》)

《伊斯坦布尔》在两处提及本雅明的《漫游者的归来》(The Return of the Flaneur,或者可译为《游荡者归来》[Die Wiederkehr des Flaneurs])。这是本雅明为弗兰茨·黑塞尔的《柏林漫步》写下的一篇书评。本雅明在其中提到一个观点:只有那些浪迹、闲荡到别处的人,才会想要去观看一个城市的异样的风景——"异国情调或美景"。(《西方人的眼光》）换句话说,本地人不能作为异乡人看到自己的城市,那么就只能成为闲荡者,与自己的城市拉开距离,才能揭示本地的别样风景。这个距离是时间的距离,而不是空间的,是时间上不可能回返的眷恋和怀念,这并非一般意义上的思乡,而是带着由时间催生出来的陌异眼光去审视自己的城市。本雅明在《游荡者归来》中写道:"作为本地人去描绘一个城市的图景,会诉诸另外的、更深的动机。进入往昔而不是他方旅行的人的动机。本地人的城市之书(Stadtbuch)总是与回忆录有着亲缘关系,作家不是随随便便在这里度过童年的。"对于本雅明来说,他既是柏林本地人,又是一个离开了柏林的异乡人,但是,对于柏林,他只是一个离开了本地的本地人,而不能成为异乡人。他只能成为一个时间上的而不是空间上的异乡人,在回忆中将柏林转化为景观。乡愁只是源于成长和离开,但是,还有一种时间上的追寻,即意识到了自己与童年的距离之间隔着一段逝去的历史,一个社会的流变。本雅明写过一本回忆性散文集《1900年前后的柏林童年》。这本书写于被纳粹帝国驱逐出境之后,身居国外,他才开始明白即将和自己的城市永别。这是他写作这本散文集的力量来源。他在序言中写道:"我试图克制它(乡愁),通过一种审视过去事物的不可追回性,是那种必然的社会性的不可追回性(notwendige gesellschaftliche Unwiederbringlichkeit des Vergangenen),而不是偶然意外的自传式的(zufällige biographische)不可追回性。"帕慕克说过,康拉德、纳博科夫、奈保尔这样的作家穿越语言、文化、国家、大洲甚至文明的边界,他们的想象力来自于背井离乡的无根性。毫无疑问,本雅明的柏林书写源于无根性的痛切,因此,他笔下的事物充满不可追回的距离感,尽管这种距离感并非乡愁。帕慕克与本雅明的相通之处在于，他的想象力居留在这座城市，他必须在伊斯坦布尔的根部去接受这座城市，审视、沉思和重构这座城市。"伊斯坦布尔的命运就是我的命运：我依附于这个城市，只因她造就了今天的我。"（《奥尔罕的身份》）本雅明说黑塞尔不描绘（beschreibt），只叙述（erzählte），帕慕克也是这么做的，他在叙述伊斯坦布尔的多重记忆，但我们很少看到他描绘让游客欣喜若狂的景观，除非是在记忆装置里重构出来的景观。

  帕慕克通过本雅明发现，当地人在对城市的观看中"始终渗透着回忆"。（《西方人的目光》）《伊斯坦布尔》试图揭示给世人的正是记忆中的城市，或者说城市赋予帕慕克的记忆。帕慕克说，伊斯坦布尔有一个"内视灵魂"。内视灵魂凝视着烟雾弥漫的早晨、刮风的雨夜、海鸥筑巢的清真寺圆顶、汽车排放的烟雾、烟囱冒出的袅袅煤烟、冬日里空寂荒芜的公园、冬夜踩着泥雪赶回家的人们。内视灵魂萦绕着"帝国终结的忧伤","痛苦地面对欧洲逐渐消失的目光,面对不治之症般必须忍受的老式贫困"(《黑白影像》)。于是,这座城市给帕慕克留下的记忆里盈满了冬日的寒意。这座城市在黑白影像里诉说着"失败、毁灭、损失、伤感和贫困"。(《勘探博斯普鲁斯》)

记忆有着星丛的形态。帕慕克出生于1952年,他经历的自然是二十世纪后半期的伊斯坦布尔,但是他将记忆延伸到了十九世纪甚至更为久远,延伸到个人记忆之外的历史深处。他不断回溯作为土生土长的伊斯坦布尔人的童年记忆,又一再援引十九世纪西方作家的书写记忆,同时拼贴着拜占庭帝国的记忆碎片。

在《巴黎评论》访谈中,帕慕克坦言自己是一个西化主义者,而十九世纪的伊斯坦布尔正是一个热衷于西化的城市,陆续迎来了奈瓦尔、戈蒂耶、福楼拜。有意思的是,他们都来自本雅明所谓的

"十九世纪的都城"巴黎,当时的现代性中心。他们的行旅书写帮助雅哈亚和坦皮纳等当地诗人创造了一种城市形象。奈瓦尔在这座城市溃败之前来到这里,"去关心帮他忘掉忧伤的事物"(《奈瓦尔在伊斯坦布尔》)。因此,他的描述吸引大量西方作家前来伊斯坦布尔寻找异国情调。戈蒂耶则深入城市的"侧面舞台",深入贫民区,探索废墟和陋巷,"在脏乱之中发现了忧伤之美"(《戈蒂耶忧伤地走过贫困城区》)。当福楼拜来到伊斯坦布尔时,"和奈瓦尔一样,他越来越厌倦在这些地方看见的丑恶冷酷、神秘的东方情调——他对自己的幻想已经生厌,现实战胜了他,这些现实比他的梦想愈发'东方',因此伊斯坦布尔激不起他的兴趣。(他原本计划待三个月。)事实上,伊斯坦布尔不是他要寻找的东方。在致布勒的另一封信中,他追溯了拜伦的西安纳托利亚之旅,激发拜伦想象力的东方是'土耳其的东方,弯刀、阿尔巴尼亚服饰栅栏窗户遥望大海的东方'。但福楼拜则偏爱'贝多因人和沙漠的炎热东方,红色非洲的深处,鳄鱼、骆驼、长颈鹿'。"(《福楼拜于伊斯坦布尔》)更何况,福楼拜正在遭受梅毒的折磨,因此,他不能在东方获得快乐,反而感到羞辱。伊斯坦布尔的东方异国情调在这三位法国作家身上逐渐暗淡,让位给了粗粝的现实。正是这样一种"现实"加强了帕慕克的自我认同。他在外来者的镜像里寻见了这座城市的形象。东方经由西方而重新发现自己,发现自己身上的传统性,也遭遇了自己身上的现代性。奈瓦尔他们将巴黎的现代性目光引入伊斯坦布尔。他们先于本地人占有了这座城市。这一点让帕慕克感到自己不属于这座城市,于是产生了一种与这座城市之间若即若离的关系。现代性就是一种目光的移植,它让传统成为碎片,并嵌入破碎不堪的现代生活,交织为景观。

"西化"正是现代性目光的聚焦,这让伊斯坦布尔在奥斯曼传统之外获得一个新异的面目，以至于让从小生活在这座城市的帕慕克发现，外国人所描写的后宫、奥斯曼服饰和仪式与他的经验有着天壤之别，就像在描写一座别人的城市。正是"西化"，让帕慕克得以超越"民族主义和超越规范的压力"，"让我和伊斯坦布尔的数百万人得以把我们的过去当做'异国'来欣赏，品味如画的美景"。(《西方人的眼光》)凝视的目光颠倒了过来，本地变成了远方和异乡，本地生活重组为景观。这种颠倒和错位的目光，正是帕慕克的写作装置。

帕慕克让自己转变成了一个身处本地的"陌生人"。他邀请我们去陌生地凝望奥斯曼的传统及其废墟上的美景，去欣赏伊斯坦布尔的后街，那些不为人所知的角落，"贫困潦倒和历史衰退的偶然之美"。更重要的，为了看见它们、欣赏它们，我们要追随帕慕克，首先"必须成为'陌生人'"。然后，我们就可以在废墟中观看如画的美景："一堵塌墙，一栋败坏、废弃、今已无人照管的木造楼阁，一方喷头不再喷水的喷泉，一座八十年来未再制造任何产品的工厂，一栋崩塌的建筑，民族主义政府打压少数民族时，被希腊人、亚美尼亚人和犹太人遗弃的排房子，倒向一边而不成比例的一栋房子，互相依偎的两栋房子，就像漫画家喜欢描绘的那样，绵延不绝的圆顶和屋顶，窗框扭曲的一排房屋。"(《美丽如画的偏僻邻里》）这些美景是由陌生人的目光所绘制的，因为在本地人眼里它们只意味着贫穷、衰败、绝望和丑陋。

帕慕克想要写伊斯坦布尔整座城市的"忧伤"，这种忧伤有一个特殊的名字——"呼愁"（Hüzün），这个词在土耳其语里面本是忧伤的意思。在《古兰经》传统里，这个词"用来表达心灵深处的失落感"。(《"呼愁"》)

呼愁其实是空间中的时间装置。在这种忧伤中，时间开始重组空间。在帕慕克笔下，呼愁拥有了现代性的意味，不再只是对不可追回的过去的感伤，而是新旧的交织状态中呈现出来的废墟感——废墟感来自于伊斯坦布尔的两次断裂：第一次是与拜占庭，第二次是与奥斯曼。第二次断裂对帕慕克来说最为切身。这就是他在童年时代就开始感受到的"西化"。拜占庭过于遥远，而正在失去的奥斯曼以及正在急速到来的西方就像邮戳一样镌印在帕慕克的记忆里，也成为他写作的血液。康拉德、纳博科夫、奈保尔、布罗茨基、鲁西迪都是漫游作家、流散作家，他们可以在时间和空间的距离中凝望自己的故土。但是，帕慕克没有怎么离开过伊斯坦布尔，他所要思考的就是如何才能获得一种对这个城市的别样的照拂和目光？于是，他发明了"呼愁"。在呼愁的召唤下，他将过去视为陌生的影像，在记忆里四处游荡，从而与现实拉开了距离。写作，需要这样一段距离，从而构造出现实的影像。作家往往震惊于一段难以克服的时间距离。当意识到一些事物在时间中，尤其是在个人生命的长度之外，诞生和消失，"感觉就像幽灵回顾自己的一生，在时间面前不寒而栗"。(《奈瓦尔在伊斯坦布尔》)

呼愁的分量在帕慕克的书中是逐步增加的。《白色城堡》十分贴合于过去，过去的记忆成为背景。《黑书》则发现了一个切身的当下在场的城市，就是伊斯坦布尔。《黑书》被认为是小说版的《伊斯坦布尔》，其结构是双线交织的：一部分内容是卡利普寻找失踪的妻子如梦，另一部分内容是专栏作家耶拉对伊斯坦布尔这个城市的生活的全方位呈现。然而，《黑书》中的伊斯坦布尔是当下的伊斯坦布尔，本地人的伊斯坦布尔。到了《我脑袋里的怪东西》，帕慕克开始通过外在的目光来看待这座城市，主人公麦夫鲁特从外地逐步进入伊斯坦布尔，最后得以在伊斯坦布尔生活。当然，麦夫鲁特后来发现真正的伊斯坦布尔并不在眼前，而在虚构中。什么是虚构？每一个作家尤其是小说家都在虚构，作家职责就是虚构。可这是老生常谈。帕慕克独特的虚构方式是在深入往昔的旅行中重构世界。《我脑袋里的怪东西》里的麦夫鲁特发现了梦幻和记忆，从而虚构出了自己想要的伊斯坦布尔。

帕慕克关注童年记忆中的伊斯坦布尔，关注后街、郊区、废墟里的伊斯坦布尔，关注历史上的伊斯坦布尔——拜占庭的和奥斯曼的伊斯坦布尔，关于外来者眼中的伊斯坦布尔，关注西化进程中的伊斯坦布尔。在多重镜像中，伊斯坦布尔才变得越来越丰满和完整，这一切都是景观，却又是无从把握的稍纵即逝的碎片。呼愁就是时间锋刃上的感伤。伊斯坦布尔，一座帕慕克之城。这座呼愁之城，不仅承载着帕慕克的忧伤，也容纳着这个世界的记忆与未来。

2018 年 5 月

2020 年 10 月改

祖国旅店里的游荡者

帕慕克说过,他有三位土耳其文学上的英雄——阿赫梅特·哈姆迪·唐帕纳尔、奥古兹·阿泰、尤瑟夫·阿提冈,他追随这些作家的脚步而成为了小说家。这三位土耳其作家的确有着荒野上的漫游者和开拓者的形象,他们在奥斯曼帝国阴影笼罩下的土耳其一意孤行地实践着现代主义文学书写,让土耳其文学摆脱了传统文学形式的束缚。他们的代表作大多出现在二十世纪中后期。唐帕纳尔的小说《时间调校研究所》出版于1954年。阿泰的小说《断裂》出版于1972年。阿提冈的《祖国旅店》则出版于1973年。此时土耳其的现代化之路已然启程了将近半个世纪，现代主义文学写作却依然是孤绝的事情。其孤绝大概可以在唐帕纳尔的《时间调校研究所》见到。小说中一群贵族、艺术家、神秘主义者创建了一个时间调校研究所，其野心是将所有土耳其的钟表调校为西方时间，土耳其在转变为现代社会时所遭遇的荒诞的困境可见一斑。的确，在土耳其写作，尤其是写作现代主义文学，必定要触及那条文明的界线，这条隐而不见却无处不在的界线，与那道地理上分割了亚洲和欧洲的博斯普鲁斯海峡形成幽谧的呼应。阿提冈的写作更是在这条界线上如履薄冰、毅然决然地展开。

　　阿提冈出生后的第二年，即1922年，存续五百多年、曾一举灭掉东罗马帝国的奥斯曼帝国覆灭了。1923年，土耳其共和国成立。1928年，土耳其语正式实行字母拉丁化。作为具有沉重传统负担的土耳其在现代化道路上却不见得一帆风顺。2002年，帕慕克的小说《雪》在土耳其出版后，引发了全国的烧书运动。在这本气氛紧张的小说中，我们依然可以目睹政治、民族、宗教问题上的现代与传统的剧烈冲突。这种冲突同样弥漫在阿提冈的文学作品中，使得其绚烂复杂、秘响旁通的现代主义书写技法具有别样的面目。

帕慕克在《巴黎评论》的访谈中说过，土耳其需要发明一种现代的民族精神。文学尤其是现代小说大概可以用来呈现现代民族精神的隐微的纹理与脉络。因为，按照帕慕克的观点，小说可以拆毁一元论的世界观。现代小说源于局外人和孤独者。本雅明说过，小说诞生于孤独的个体。孤独的个体是阿提冈作品中的主要形象——尽管他一生只创作了三部小说：《游荡者》①、《祖国旅馆》和生前未完成的《坎尼斯坦》。1989年，阿提冈因心脏病突发去世，遗作《坎尼斯坦》就只能作为残篇在2000年出版。帕慕克提到阿提冈时充满了敬仰之情，他说："我热爱阿提冈；他尽管受益于福克纳和其他西方传统，却能够保持本土性。"换句话说，阿提冈作品中的孤独个体依然是典型的土耳其人，一个在文明界线上危险地漫游的土耳其人，就像《游荡者》里那个漫游在伊斯坦布尔街道上冒犯希腊姑娘的主人公。

阿提冈的小说里游荡着一个孤独的主人公。他有时候旁观着周围的人，无论是街道上的还是电影院、酒馆、旅店中的人，有时候则旁观着自己内在的那个自我，无论是真实的还是虚构的。这两种旁观往往同时发生。在他的小说里，对自己的精神进

---

① 《游荡者》，尤瑟夫·阿提冈著，邢明华译，人民日报出版社，2018年。

行着分析的人,一旦试图与人交往,就处处落败,于是退避进入幽独的自我,却又不甘于一味地退避,于是又带着向外的欲望走向外在世界。这个周而复始的过程始终有着悲剧色彩。现代的孤独个体想要成为本雅明所谓的"游荡者"(flaneur),需要的是一个透明、敞开、自由的都市空间,然而,这个空间在土耳其并未全然成形,至少在阿提冈的作品中情形就是如此。

《游荡者》的主人公终日游荡在横跨博斯普鲁斯海峡的都市伊斯坦布尔,这里曾是东罗马帝国和奥斯曼帝国的都城。帕慕克以温情脉脉的文字写过一本散文集《伊斯坦布尔》。在这本书中,伊斯坦布尔成为了一座帝国逝去后留下的废墟,一座充满了"呼愁"(Hüzün)的栖居之城。在这里,人与城市之间形成了微妙的温情、依恋,并夹杂着疏离与紧张。《游荡者》中,伊斯坦布尔就是一座"呼愁"之城。主人公游弋在各种空间里,酒馆,电影院，咖啡馆，画室，和街道。他甚至收集街道的名字。他与这座城市骨肉相连。然而没有一个空间可以完全接纳他。他无从安定自己的生活，身体和心灵一直行走在路上，摇摇晃晃，失魂落魄。他与这座城市之间似乎又格格不入。在这本小说里，我们感受到浸淫在土耳其导演锡兰的电影《远方》中的忧伤——外省青年在伊斯坦布尔谋求生存绝非易事，甚至与自己生活在城里的亲人的交流也举步维艰。外省青年最终只能铩羽而归，离开都市和都市所承载的梦想。《游荡者》当然并不像锡兰的电影那样探讨人与人为何会变得冷漠隔阂，都市空间如何改变了人性，如何让人迷失在欲念、权力、物和符号的迷宫里。这本小说只想要呈现出都市空间中孤悬的人的精神状态。那位被称为"游荡者"或"漫游的人"（Aylak Adam）的主人公的生活存在着一个核心，即对"她"的渴望："在街上，他听任冷空气充盈进出肺部，内心感受到强劲的力量。

他站在街角看着宽阔的街道。行人、汽车、电车从他面前经过。路灯刚刚亮起,映照爱抚着这座城市。他一直寻找的就在这里,在这些来来往往的路人之中。也许今晚他就会找到'她'了。"这是一个无名的"她",一个看似终极却是可以随意替代的"她"。他正是在这个"她"身上,投射了无限的欲念和希望。"她"是一个引领着他行动的不可化解的他者,让他在意识中无止境地漫游。这一点正好体现了阿提冈的小说的叙事特征——叙事流动不居,正如流动的意识。阿提冈喜欢使用括号,有时候甚至在括号中套用括号,而括号中的内容正是普鲁斯特式的"非意愿记忆"(mémoire involontaire),是突如其来的回忆与想象。括号里的空间是对当下都市空间的持续消解和逾越。所以,阿提冈的小说文本一直有着溢出的旁枝末节,四通八达的孔洞,出其不意的幽径与巷道。

《游荡者》中有着意识流小说的痕迹,也有着加缪写于"二战"期间的小说《局外人》的影子。《游荡者》的主人公热爱书籍、电影和戏剧,却与这个城市中的人和事物难以和解,他是一个被排除出去的局外人,只能游走在人群的边缘。这截然不同于本雅明笔下的"游荡者",后者置身于人群中如鱼得水、与一切现代事物形成通感、甚至感受到来临中的乌托邦的愉悦。《游荡者》中的主人公——小说过了几十页,我们才知道他叫 C.——经常烂醉如泥,臭气熏天,甚至遭人痛打,似乎受到人和城市的敌对。

显然,《游荡者》书写方式继承了斯维沃、乔伊斯、福克纳的传统。然而,它对这个传统偏离和改造得不够有力。《祖国旅店》则深入更为复杂的、纠缠着历史记忆和当下处境的空间。这一次,阿提冈撇开了大都市伊斯坦布尔,将小说设置在了安纳托利亚的一个城镇。与伊斯坦布尔相比,这个城镇偏远得多。然而小说对精神的分析深入许多。从叙述内容上看，与《游荡者》一样，《祖国旅店》依然是关于情欲的书写。主人公泽波杰特是"祖国旅店"的书记员，在某一天爱上一个从安卡拉开来的晚点列车上下来的女人——她承诺下周再下榻这个旅馆。于是，这个女人成为泽波杰特挥之不去的欲念的对象。她的到来一直被推延，直至主人公自杀。比较而言，这个女性他者在《祖国旅店》显得更加具体，不再是《游荡者》中的一个不在场的存在。小说这样写她："二十六岁，相当高。胸部丰满，有黑色的头发和眼睛，长长的睫毛，眉毛稍稍修过。尖尖的鼻子，薄薄的嘴唇，脸色较深、脸孔紧致。"当然，对于泽波杰特来说，这个具体的女人终究是不具体的，他对她的爱毫无来由——也许，阿提冈试图消解的就是"爱"。爱，通过与另一个个体的结合，朝向人的整全。然而阿提冈呈现的则是一个在精神迷宫里漫游的人失去了可能与之结合的爱者，或者说，爱者变成了一个能指意义上的欲望的他者。由此看来,他对女佣泽伊的占有和谋杀大概只是欲望的移情和受阻导致的结果。

此外,这样一种能指化的情欲在《祖国旅店》里有着一个如帝国幽灵一般挥之不去的历史语境。《游荡者》的开头引用了16世纪土耳其宫廷诗人巴基的一句诗:"开篇精巧的寓言故事,却讲成了志怪传奇。"阿提冈讲述的就是这样的"志怪传奇",人在这个历史时代的精神传奇。不过,《游荡者》"冬季"篇第一节采用了第一人称叙事,到了第二节就开始转入第三人称叙事,似乎整本小说都是在解释第一节里以第一人称构筑的自我。《祖国旅店》则以"称呼语"一节开篇。不同于《游荡者》的内倾,主人公泽波杰特所身处的正是这样一个"称呼语"营建起来的外在历史空间。这个空间里充满着前帝国投下的巨大而漫长的阴影:男人贝伊,女人哈尼姆,"有钱、有地位者的称呼";男人阿比,女人阿布拉,"字面上指'大哥,大姐',是一种广泛使用的表示熟络的敬称";艾芬迪,"称呼地位较低的人时,表示谦虚的固定用语";阿迦,"农夫中使用的最高敬语";乌斯塔,"称呼工匠（如汽修工、水管工等）的头衔"。值得注意的是,后三种称呼中没有对应女性的用语。从这些"称呼语"中我们可以看到,土耳其社会依然充满了权力、等级、性别的界限。语言一旦流散,就难以根除。正是在这样一个边界清晰的社会里,《祖国旅店》的主人公才显示出清晰而独特的生存面目。我想说的是,阿提冈以这样的"称呼语"作为小说的开头是别出心裁的安排,是为了将小说植回到具体而错综复杂的土耳其历史传统语境里。

泽波杰特的旅店前身是一个十七世纪的庄园,直至他的外祖父将其改造成旅店,时间在1921年,正是阿提冈本人出生的年份,也是奥斯曼帝国遭受希腊入侵从而迅速走向覆灭的一年。而外祖父在旅店招牌上刻下铭文,其年份是1839年,正是在奥斯曼帝国苏丹阿卜杜勒·迈吉德一世出生的那年，这位苏丹在位期间开始了世俗改革——"坦志麦特"改革，从此土耳其开始走上现代化进程。

这些事实与小说叙事之间形成隐秘的对应关系并非无关紧要，也不会让阿提冈的小说单纯成为民族寓言的承载物。恰恰相反，阿提冈的小说与历史之间充满了巨大的张力，可以说，他通过极具欧洲现代主义小说特征的反讽消解了土耳其历史的惰性。如果说，"祖国旅店"是土耳其国家的隐喻，那么，这是一个反面的隐喻，是一个充满解构力量的隐喻。在阿提冈的小说里，我们看到的是一个人的自我确认的失败，身份认同的不可能，以及自我与外在生活空间的割裂与疏离。《游荡者》的主人公其实游荡在自己的内在意识里。《祖国旅店》的主人公同样如此，他游荡在自己的欲念里，这个欲念对应着旅馆空间。在这个旅馆里，他每天记录着旅客的名字，然而他并非如实记录，而是偷偷置换成无数自己虚构的名字——他游荡在一个名字/符号构筑的世界里。他也游荡在旅馆中萦绕的家族和个人记忆里。旅馆就是他的家,他的祖祖辈辈居住在这里,他自己也出生在这里——六号房间。当然,他也游荡在无所凭依的、终究不可能的欲望迷宫里。

不过,相对而言,《祖国旅店》的时间要具体而集中,我们知道泽波杰特33岁,小说时间集中在他遇见那个从安卡拉开来的晚点列车上下来的女人之后的三四周里。而《游荡者》的时间要含混得多,小说四个部分分别是四个季节:冬季、春季、夏季、秋季,故事发生在何年何月终究是一个无足轻重的信息。但是,在时间之外,这两部小说的重心都落在了一个巨大的幽暗的精神空间。我们在卡夫卡的小说里遭遇过这样一种幽暗空间。

阿提冈的小说主人公确实呈现出精神分裂症的状态。然而,帕慕克曾说过,精神分裂症可以让人聪明。帕慕克大概是想说，精神分裂拒绝凝固的主体，而是让主体走向一个敞开的未来。阿提冈不只是要通过小说中游离、彷徨的主人公呈现生命的困境、自我认同的艰难，他不仅仅在分析问题重重的精神世界。《游荡者》中那个永不出现的"她"，《祖国旅店》中那个永不回来的从安卡拉开来的晚点列车上下来的女人，分明指向了一种未来。阿提冈的精妙之处在于，他并不提供确定的未来，而是呈送了一个难以界定、含混飘渺的、具有无限可能性的未来。小说家不正是通过书写而发明未来吗？阿提冈提供了自己的答案，唯有一个碎裂了的、一直处于漫游中的、不断探寻自我、不断受到他者邀约的个体才能通向未来。这正是《祖国旅店》具有的冒犯性和启示性。《游荡者》的主人公将对母亲的妹妹的爱转移到了一个无名的"她"，《祖国旅店》则要激进得多，将对一个无名的"她"的欲望转移到了一个迟迟不来的女人身上。前者的欲望可以解释，后者的欲望则是空穴来风，因而呈现出绝对的自由，可以超越既定现实的约束。

尽管，阿提冈对未来并不乐观，他让泽波杰特结束自己的生命。不过，齐奥朗曾在《解体概要》中追问："然而，自杀的行为不正是出于一种更极端的救赎愿望吗？"泽波杰特通过自杀否定了这个纠缠着具有束缚性传统的现实世界。阿提冈是帕慕克所谓的那种既天真又感伤的作家。天真，是因为对自己处身的社会、国家和世界洞若观火；感伤，是因为并不服从现实语境，而是要去冒犯它，纠正它，改变它。他的小说让自我和世界之间的关系变得不再天经地义、理所当然，而成为一个需要去探寻、去辨认的问题，甚至是一个不存在最终答案的问题。这个问题的一再提出就是答案本身。曼古埃尔说《祖国旅店》"是一场完美的存在论上的梦魇，描绘了一个迷失在永远延期的伊甸园入口的灵魂"。曼古埃尔在《恋爱中的博尔赫斯》里还说过:"我相信,如同性行为,阅读行为最终应当变得匿名。我们应当像走入镜中森林的爱丽丝一样走进一本书或一张床,不再带有我们往日的偏见,在交融的刹那放弃社会的圈套。阅读或做爱,我们都应能在另一半上放弃自我,在对方身上——借用圣约翰的形象——我们得以改变:读者进入作者再变成读者,爱人进入爱人再变为爱人。"阿提冈的小说正是那种可以让我们放弃自我、在对方身上得以改变自己的作品,它们为我们提供了一个作为潜能的未来,迟迟未到是应有的到来,其间所开启的多少有些虚无的空间留待每一个人去填满。当我们感到匮乏,真正的欲望才到来;当我们感到现实的虚空,真正的未来才到来,永远地到来。

2019 年 2 月 24 日

刊于《深圳特区报》2019 年 6 月 22 日

"让言辞悬在空中":航渡者洛威尔

美国 20 世纪五六十年代那些最为耀眼的诗人——罗伯特·洛威尔、伊丽莎白·毕肖普、兰道尔·贾雷尔、约翰·贝里曼、西尔维娅·普拉斯、安妮·塞克斯顿、艾伦·金斯堡、罗伯特·勃莱、加里·斯奈德、 W.S. 默温、罗伯特·邓肯、理查德·威尔伯、丹尼斯·莱维托芙……共同开启了一个时代。不同于二十世纪四五十年代"新批评派"

诗人约翰·兰瑟姆、罗伯特·佩恩·沃伦、克林斯·布鲁克斯、阿伦·泰特冷峻、晦涩、玄秘的去个人化诗风,这一批年轻诗人开始从修辞的牢笼中跃出,将清澈或神秘的个人经验或家族记忆、历史或自然压缩进诗行之中,以激进的姿态回到自我和生活,回到这个眼前的世界。

在这个时代,叶芝、艾略特、庞德、史蒂文斯、弗罗斯特的光芒逐渐淡去。奥登正在成为老一代的大师,然而通过在1947至1959年间主编"耶鲁青年诗丛",他培养了大批年轻诗人,比如艾德丽安·里奇、詹姆斯·赖特、约翰·阿什贝利、W.S.默温和约翰·霍兰德。新一代诗人正在迅速崛起,他们要发动一场诗歌的革命。其中,罗伯特·洛威尔(1911—1977)是一位标志性的诗人。他的诗集《生活研究》[①],可以说开创了一个时

---

① 罗伯特·洛威尔:《生活研究》,胡桑译,湖南文艺出版社,2019年。

代。在同代人眼里，他是生活经验的模仿者、苦痛的搏斗者、雅致的独白者、暴烈的词语炼金术士和满怀激情的庞然大物。

一

在一个释放激情的时代，洛威尔是激情的教导者。正如德里克·沃尔科特在《论洛威尔》一文中说的："他的学徒期是愤怒。年轻时的每一个短语都凝聚着热烈的野心。" 1937 年春天和夏天，那是在哈佛大学读书的最后岁月，洛威尔在田纳西遇见兰瑟姆和泰特这两位"新批评派"的主将。在他们的影响下，他的诗风多少沾染了"新批评派"的印迹。当年入读凯尼恩学院，洛威尔所师从的就是兰瑟姆。 1940 年，他进入路易斯安那州立大学读英语文学硕士，师从另两位"新批评派"主将——沃伦和布鲁克斯，接受了正统的"新批评派"诗歌训练。1946年,他出版诗集《威利老爷的城堡》,次年便凭此书获得普利策奖。

希尼在《洛威尔的命令》一文中将洛威尔早年的诗歌称为"一种冷眼旁观的自足诗歌",这与洛威尔早年对"新批评派"诗歌传统的继承不无关系。尽管如此,他的激情和野心依然能够通过"新批评派"所倚重的自主文本释放出来。事实上,他此时的诗歌并非全然自足,只不过有意隔离了日常生活,伪装了内在自我,以高度修辞化的词句进入富有激情的幻象里。这些早年的诗歌充满智性的想象、激烈摩擦的词语、含混的双关语和突如其来的宗教幻象。比如《圣婴》一诗的开头令人印象深刻:

> 听吧,钟形饲料槽当啷作响,当马车
> 沿着沥青路在橡胶轮胎上晃动,
> 混着煤渣的冰在粗麻布磨坊下方,

> 麦芽酒坊的女人跑着。阉牛们流着口水，
> 惊奇于一辆车的挡泥板，开始
> 跌跌撞撞爬向圣彼得山。
> 这些都是未被女人沾染的——它们的
> 悲伤不是这个世界的悲伤：
> 希律王尖叫着，向正在空中呛咳的
> 耶稣那蜷曲的膝盖复仇

此类的诗还有《醉酒的渔夫》《彩虹消失的时候》等。不可预测的意象鱼贯而出，通向一个难以解释的高处的声音。这个声音势能十足，终究无法甘受冷静修辞的约束。

洛威尔的诗歌一直保持着令人心生敬畏的难度。早年诗歌中的艰涩与难度尽管在晚年大幅度减弱，却并未消失。当然，不同于他的友人伊丽莎白·毕肖普，他不愿拨开词语繁重的云雾让事物的光泽闪耀在每一个字词语身上。他的诗隐幽、缠

绕、沟壑纵深、湍流连绵。它们诉说着个人的生活，然而，一切必须经过词语密林而形成一道强劲的象征之风。他对历史和典故的癖好，在同一代诗人中大概是绝无仅有的。这既造就了其诗作的独树一帜，又助长了令人感到惊异的幽玄。

当然，在《威利老爷的城堡》这本诗集里，我们也能读到《悼念亚瑟·温斯洛》《玛丽·温斯洛》这样的诗作。通过这样的诗作，他开始去辨识自己的来源。亚瑟·温斯洛和玛丽·温斯洛是洛威尔的外祖父和外祖母，分别在 1938 年和 1941 年去世。洛威尔来自波士顿的世家大族，其先祖是 1620 年乘坐"五月花"号抵达北美大陆的早期移民之一，这个家族出过大使、主教牧师、校长、学者，还有一名与埃兹拉·庞德过从甚密的诗人艾米·洛威尔。外祖父的先祖爱德华·温斯洛乘坐同一艘"五月花"号来到这片大陆，并且是船上新移民的领导者之一。《悼念亚瑟·温斯洛》第二节如此写道：

> 温斯洛祖父，看吧，那些天鹅游船沿着
> 公共花园里那座岛的岸边行驶，那里，
> 饱食面包的鸭子正在孵蛋，周日正午
> 携着桶和滤网的爱尔兰人惧怕
> 日光照耀的浅滩，因暗色的鲢鱼游弋其间。

这一节诗充满了具体的、日常的意象。从四岁开始，洛威尔就经常去位于马萨诸塞州马特波伊西特的外祖父家度过夏天。他的诸多童年记忆与外祖父有关。诗中的"公共花园"则位于他的出生地波士顿。作为一个真实的空间，波士顿镶嵌在这首诗里，与死亡的气息、超验的维度构成一个紧张的平衡。这首悼诗一直在世俗世界和超验世界之间来回游走、摆动甚至缠绕。这一节诗却暂时遗忘了超验的幻觉，诗的重力几乎全部来自世俗的经验世界。

此处，通过外祖父的观看，诗句再现了一幅生机勃勃的世俗生活场景。这既与死亡构成微妙的反讽张力，又让日常生活转化为一个不可测度的深渊，犹如诗中的爱尔兰人所见的"暗色的鲢鱼"游弋其间的"浅滩"。外祖父所要离开或进入的就是这个看似庸常却神秘莫测的世界。同时，爱尔兰人之于这片大陆有着鲜明的异域性。温斯洛家族和洛威尔家族都有着遗传的异域性。这一异域性取消了眼前生活的恒久性，或者说打开了眼前生活的封闭性。这预示着洛威尔此后诗歌的方向：走向他人，进入经验世界，凝注、审视、修改，甚至质疑自我和生活。

当然，在这首诗里，洛威尔在超验空间里找到了些许安慰。诗的结尾出现了行走于水波的耶稣复活的魂灵：

  这个复活节，耶稣

> 复活的魂灵行走于水波，让
> 亚瑟遭遇了小号般啼叫的黑天鹅
> 越过查尔斯河来到冥河
> 那里，开阔的水域与航渡者浑然一体。

水上耶稣的意象也出现在《醉酒的渔夫》的结尾。洛威尔家族是新教徒世家，洛威尔却在 1941 年加入天主教会。在前一年，洛威尔与琼·斯塔福德结婚，并从凯尼恩学院毕业。他的改宗被很多朋友认为是疯狂而不可理喻的行为。他的友人、哲学家乔治·桑塔亚纳在 1951 年 3 月 1 日致信洛威尔，写道："（加入天主教）不是一次避难，而是一场冒险——在一个新维度上的旅行和恋爱。"冒险是洛威尔生活和写作的基本状态。甚至他早年诗歌中的宗教语汇并未呈现出宁静的救赎，反而隐藏着激情的潜流。洛威尔试图通过加入天主教改变生活方式，深入内在世界，在宗教语汇里建立一个与世俗世界对抗的超验空间。只是,这最终是一场面向未知的、探寻可能性的冒险。在诗里,波士顿的查尔斯河与希腊异教的冥河叠加在一起,超逸了天主教的宗教空间。"那里,开阔的水域与航渡者浑然一体。"换句话说,"航渡者"(voyager)与水的流动保持一致,一再地从经验世界流入不可知的超验世界。《威利老爷的城堡》这部诗集呈现的就是这样一片永恒流动的水域及其不安分的、狂热的航渡者,充溢着冷酷的激情。

从一开始,洛威尔就在自我的装置里建构了一个混沌、动荡的精神空间。这个精神空间尽管深邃丰盈,甚至不证自明,然而它显得有些自我循环,与浩瀚而切身的生活世界之间存在着一段令人不安的距离。"新批评派"的传统为他先天地设置了这段距离。如果不克服这段距离,洛威尔就不可能成为具有原创性的诗人。于是,经过《卡瓦诺家的磨坊》的准备,诗集《生活研究》迅速进入一个自我回溯、向他人开放、与生活沟通、充满反讽张力的世界。洛威尔不再满足于长期执掌美国诗坛的"新批评派"那种非个人、非自我的智性诗风，他需要完成写作的转变，这次转变又正好引领了一种新的诗风。可以说，《生活研究》是一个时代的标志，它是继《荒原》之后最有名的诗集之一。

《生活研究》里有一篇自传性的散文《瑞维尔街91号》，它以现实、平和的语调回溯了家族史和童年。1917年3月1日，洛威尔出生在波士顿祖父的房子里。1919年全家移居费城，父亲供职于费城海军工厂。1921年迁回波士顿，父亲供职于郊区的查尔斯镇海军造船厂。1924年全家辗转于费城、华盛顿，然后定居波士顿瑞维尔街91号，此时父亲回到查尔斯镇海军造船厂。童年时，洛威尔随着父亲的工作调动在新英格兰的各个城市之间迁移。也许正是动荡的童年生活赋予了他一种冒险的、漫游的精神。无论是作为精神世界的航渡者，还是作为地理空间的航渡者,他都在试图穿越不可琢磨的浩瀚世界。或者说,他是要通过更为猛烈的穿行来抵消记忆中的动荡。

在 1971 年夏天与伊恩·汉密尔顿的对谈中,他坦承:"我书写四个地方:哈佛和波士顿、纽约和缅因。这些是我居住的地方,同时是象征,可以感知,不可避免。" 1935 至 1937 年,他就读于哈佛大学;从 1963 年到 1977 年,他在哈佛大学阶段性地任教过很多年。纽约则是他钟爱的旅居地,1961年,他在曼哈顿西 67 街 15 号买下一套公寓房,时常来这里小住;1970 年代,他在全世界漫游的间隙会偶尔住进这套房子。缅因州则是他偏爱的消夏地,1955 年至 1959 年,他每年夏天都在该州滨海小镇卡斯汀度过;献给伊丽莎白·毕肖普的名作《臭鼬时光》的背景地就在这里。波士顿则是他的老家,内心的故乡。然而,这个故乡并不稳定,洛威尔的童年是在围绕着波士顿的各个城镇度过的。他和母亲都恐惧于海军军官父亲的离开、漫游和缺席。母亲讨厌关于海军的一切。父母之间的关系十分紧张。正是母亲，意气用事地买下了波士顿瑞维尔街91号，一栋位于老城区中心的红砖房子，它其貌不扬，毫无历史感，也缺少艺术性。洛威尔在《瑞维尔街91号》中如此回顾这段时日："瑞维尔街91号是那些成年累月的精神痛苦的背景，那些痛苦折磨了我们两年。在这两年中，母亲努力要父亲从海军退役。当第二年秋天威严而虚空的无聊缩小为第二年冬天渺小的无聊，我不再渴望打开我的青春。我厌倦父母，父母也厌倦我。"

1927年，父亲终于从海军退休，全家移居波士顿的马尔伯勒街170号。1930年，洛威尔进入位于马萨诸塞州绍斯伯勒的圣马可学校。同学们给了他一个昵称：卡尔。毕肖普在给洛威尔的书信里就称呼他为卡尔。不过，曾经的痛苦并不会轻易消散，而是幽魂一般萦绕在他的家庭生活中。《生活研究》中有两首诗写到了父亲。《父亲的卧室》罗列了父亲卧室里的异域事物：一套蓝色和服，饰有蓝色长毛绒带子的中国凉鞋，还有一本小泉八云的《日本魅影》。这些异域的事物揭示了一个缺席的父亲。《出售》则呈现了一种永远缺席的父亲——去世的父亲。洛威尔和父亲共享了相同的姓名：罗伯特·特雷尔·斯宾塞·洛威尔。于是，父亲成为了洛威尔三世，而诗人洛威尔就成了四世。这仅有的差异却预示了父子两个人悬殊的生活与命运。不同于父亲常年在海上航行与冒险，诗人洛威尔一意孤行地闯入词语的密林与想象的海洋。

父亲在 1950 年 8 月去世。《出售》这首诗里呈现了一个外表平静而内心极度痛苦的母亲如何在爱恨交织中与父亲诀别：

> 可怜又羞怯的玩物，
> 由浪子的敌意所安排，

只在里面住了一年——

我父亲的比弗利农场小屋

在他过世的那个月就被出售了。

空荡，敞开，亲密，

那些城里住宅式样的家具

怀着踮脚般的渴望

等候着紧跟在

殡仪人员身后的搬运工。

准备完了，担心

会独居至八十岁，

母亲倚在窗口出神，

就好像在火车上

坐过了一站。

洛威尔早年偏爱强劲的修辞、错综复杂的宗教语汇和神秘难解的象征隐喻，这些在这首诗里几乎消失殆尽。唯有稀疏的词句之间矗立着一间空荡、敞开、亲密的小屋,和一个在窗口出神的感伤的母亲。在火车上坐过了一站,揭示了生命的逝去带来的时间错位以及虚无。母亲名叫夏洛特。1954年2月13日,她在意大利的拉帕洛心脏病突发。洛威尔乘坐飞机抵达意大利时,她已经告别了人世。母亲的死让他的躁郁症再次复发。直到夏末,他的痛苦才稍稍平缓。

二

激情与修辞的结合迟早会捉襟见肘。生活的压强让洛威尔迅速找到了别样的诗歌道路。诗集《生活研究》必然地展开了对自我、周身生活的全面研究。《丹巴顿》写的是外祖父家族,诗的结尾出现一个更加亲近生活、更容易让人亲近的外祖父形象:"清晨,像一个情人,我依偎在/外祖父的床上, /而他在到处搜寻滋滋作响、燃着嫩绿木材的炉子。"《高烧时》写到自己的女儿哈丽特，思考了自己的父亲身份，重新审视了自己的父母。《男人与妻子》则写到第二任妻子伊丽莎白·哈德威克。她是著名的小说家和文学批评家，两人在1949年结婚。

1936年，洛威尔在哈佛大学就读期间与安妮·迪克订婚，但是，第二年就解除了婚约。在1976年出版的《诗选》中，我们可以读到两首名为《安妮·迪克，1936》的十四行诗。在第一首里，他写道："我们是流浪的水银，驶向波士顿。"第二首的结尾则是："我们精神的血液干涸在砖屑的血管里——/基督迷失，我们唯一的王没有一把剑，/将词语'宽恕'变成一把剑。"

1937年，洛威尔与斯塔福德相识，两年后与她订婚，次年结婚。然而，两人于1946年开始分居，1948年正式离婚。在诗集《为联邦军阵亡将士而作》中有一首献给斯塔福德的《旧恋人》。洛威尔在诗中回忆了与斯塔福德在林肯县达玛瑞斯科塔磨坊过冬的场景。他们在这里度过了 1945 年和 1946 年两个冬天。"我的旧恋人,我的妻子! /还记得我们的鸟类目录吗? /去年夏天的一个清晨,我开车/经过我们缅因州的房子附近。它依然/在小山顶上——"诗在开头如是写道。诗中有着美好的祝福:"愿新来的人们健康, /愿他们的旗帜飘荡,愿他们/山上重修的老房子坚固!"我们紧接着却读到了冬日般的冷酷、恐惧与疏离:

> 一切都变得最好——
> 我们颤抖得那么厉害,狂怒,
> 在那里,被雪困在一起,
> 行将爆发,如我们
> 书籍帐篷里的黄蜂!

> 可怜的幽灵,旧爱,说吧,

以你苍老的声音,

这声音有着火焰般的洞察力,

让我们整夜醒着。

在一张床上却分处两边。

在安妮·迪克和琼·斯塔福德之后,伊丽莎白·哈德威克进入洛威尔的生活,她大概是介入洛威尔生命历程最深远的一位女性。两人的女儿名叫哈丽特。女儿的形象一再出现于洛威尔中年以后的诗歌里。《男人与妻子》这首诗里既有婚后生活的温情与依赖,也有潜藏的困境与危机:

被眠尔通驯服,我们躺在母亲的床上;

盛装的晨曦把我们染成红色;

日光辽阔,她镀金的床柱闪闪发光,

恣意放荡,几如酒神。

最后,马尔伯勒街上的树是绿的,

> 我们的玉兰花燃烧起来,
>
> 清晨点缀着它们凶残的持续五天的白色。
>
> 整晚,我牵着你的手,
>
> 如同你已
>
> 第四次面对疯癫的王国——

洛威尔家所在的马尔伯勒街上生长着许多玉兰花树。他在诗集《生活研究》里多处写到这些玉兰花,比如《瑞维尔街91号》《离家三月后回来》《谈及婚姻的烦恼》。然而,玉兰花的花期只有五到十天,旺盛生命力里面隐藏着枯萎和消逝的危险:"我们的玉兰花燃烧起来, /清晨点缀着它们凶残的持续五天的白色。"倘若玉兰花隐喻着洛威尔与哈德威克的婚姻,那么其短暂的花期预示了诸多的危机。《谈及婚姻的烦恼》就涉及了婚姻的危机。只不过,这一危机不仅来自爱欲的法则和婚姻的宿命,同时来自一种疾病。这首诗开头第一行提到了一种药物——眠尔通,它是漂浮在洛威尔生命深渊上的一丝涟漪。在瑞维尔街91号所体验到的精神痛苦后来通过这种疾病纠缠了洛威尔将近三十年,这就是令他恐惧不已的躁郁症。

1949年4月初,洛威尔入住马萨诸塞州巴尔德佩特医院,被诊断为重度躁郁症,三个月后才出院。住院期间,他告诉医生自己是来自天堂的信使,不久前成为基督,行走在水面上。他击败了众多恶魔。他看见人们的皮肤是绿色的,看见一只并不存在的龙虾。当年7月28日,他便与哈德威克结婚,并移居纽约。此后,他分别在1952年、1954年、1958年三次经历重度躁郁症病发。在诗里,洛威尔写道:"整晚,我牵着你的手,/如同你已/第四次面对疯癫的王国。"一生中,他受尽躁郁症的折磨。几乎每隔一年,这种病就要发作一次,尤其是在冬季。他出入医院将近三十年,忍受着常人难以想象的病痛折磨。米沃什在《致罗伯特·洛威尔》一诗中写过:"你徒劳地反抗疾病, /它宰制你,犹如耻辱。"当然,洛威尔不仅仅是一个病人,更是一名能够将疾病转化为语言激情的诗人。

诗集《海豚》里有一首《症状》,其中三行就这样写到被洛威尔称为"热情"(enthusiasm)的躁郁症:

> 我感觉到身上旧日的感染,它每年来一次。
> 削弱好心情,随后不祥地
> 升起易怒的热情……
> 三只海豚忍受着我们狭小的马桶底座,
> 眼睛的笑意指责唇边的怒容,
> 它们渴得发疯。我浸泡,
> 检测,再检测
> 我真正拥有的反对自我的事物。

写诗就是洛威尔的精神分析。这首诗写于 1970 年初夏，之所以躁郁症成了"旧日的感染"，是因为洛威尔从 1967 年春天开始用锂盐代替眠尔通治病。显然，锂盐的疗效更加显著，他的病情大为好转。从 1967 年到 1970 年，他的精神状况一直比较稳定。直到 1970 年下半年，他躁郁症再次发作。当时，他正在英国牛津大学万灵学院担任访问研究员，并与作家卡洛琳·布莱克伍德相爱。卡洛琳在 1966 年生下第三个女儿后不久，与作曲家伊斯雷尔·契考维茨离婚。哈德威克到伦敦格林威斯疗养院看望了他，随后返回纽约。此后，洛威尔与布莱克伍德在英国同居，先是在伦敦，后来在肯特郡米尔盖特庄园。他们的儿子谢里丹出生于 1972 年 9 月 27 日。当年 10 月，他与哈德威克离婚，随即与布莱克伍德结婚。洛威尔是布莱克伍德的第三任丈夫。她的第一任丈夫是吕西安·弗洛伊德，精神分析学家西格蒙德·弗洛伊德的孙子。

1973年，洛威尔出版了三部诗集：《历史》、《为丽齐和哈丽特而作》和《海豚》。早前的《生活研究》承载了个人的精神痛苦及对其疗救的渴求，同时，其表现出来的对个人传记、家族历史、生存境况的精神分析癖好正是他对诗风进行变革的结果。此后的一部诗集《为联邦军阵亡将士而作》继续加深了这一变革，开始处理公共空间和历史记忆。比如在《1961年秋天》中写到核战争："整个秋天，核战争的/擦伤和刺耳声；/我们谈论过我们的死亡灭绝。"在《为联邦军阵亡将士而作》中，他又一次写道："在波尔斯顿大街上，一幅商业照片/展示着广岛的烟云//下面是一只莫斯勒保险柜，'时代之磐石'/于爆炸中幸存。"洛威尔开始设想与他人一起承担这个时代的重压：

父亲没有盾
护卫孩子。

> 我们像一群野生
>
> 蜘蛛一起哭泣,
>
> 却没有落泪。

而诗集《历史》,与《为丽齐和哈丽特而作》和《海豚》一样,大量采用十四行诗这一体式。只是,洛威尔使用了一种十分松散的韵律和节奏。这种自由十四行体承载了他在这一时期的探索——将历史记忆和个人经验、普遍命运和特殊遭遇叠加在一起,构筑成一种新形式的生命。幻觉的狂热如同躁郁症一般始终掌控着他的头脑。然而,他不可能再回到宗教的避难所,也不甘于停留在孤悬的世俗当下。他必须在更为绵长的时间里安放这一狂热。如在同名诗《历史》开头所写的,他试图完成的是在时间的序列里超越生命的短暂易逝和永无休止的苦痛:

> 历史必须寄宿于曾存在于此的事物，
> 握住、靠近、抚摸我们曾有的一切——
> 我们死去，这多么枯燥、可怕，
> 不像写作，生命永无休止。

洛威尔一直把自己的新英格兰视为奥德修斯的伊萨卡岛。在内心深处，他可能想要成为新英格兰的受尽折磨而坚韧不拔的"航渡者"奥德修斯。诗集中有一首《尤利西斯》：

> 莎士比亚的替身演员，一样的束发，同性
> 恋，肮脏……
> 空气中有一首新的诗篇，那是青春的
> 专利，欲望被纯真冷静地诱导——
> 迟于开花的园子，远离堕落的伊甸园，
> 依然美丽！没有人愿意做他的模特儿
> 为寻找女孩，尤利西斯从一个港口到另一

个港口，亲近土地……

他的婚姻，是冥界的罩子、

吸力强大的黑暗港口和第二次机会。

他赢得了瑙西卡，但晚了二十年。

伤痕累累的丈夫和妻子赤裸地坐着，一副希腊人的微笑，

以为我们注定坠入爱河

只要我们的婚姻足够长久——

因为我们的船被焚毁，失去了所有的朋友。

我们多么希望曾与一半的朋友成为朋友！

在《历史》这部诗集里，洛威尔重构许许多多历史人物的生命：亚历山大、汉尼拔、马可·加图、西塞罗、克莱奥帕特拉、希特勒、但丁、托马斯·莫尔、玛丽·斯图亚特、伦勃朗、罗伯斯庇尔、莫扎特、拿破仑、贝多芬、柯勒律治、林肯，还有诸多20世纪人物：T. S. 艾略特、埃兹拉·庞德、弗罗

斯特、肯尼迪、列维-斯特劳斯,以及好友兰道尔·贾雷尔。他在写他人,也在写自己。对历史的检测、拆解、重组,就是对自己的精神分析。尤利西斯只是奥德修斯在拉丁语中的面具,同时也是洛威尔自己的面具。尤利西斯与瑙西卡,似乎就是洛威尔与布莱克伍德。"我们多么希望曾与一半的朋友成为朋友!"洛威尔试图通过尤利西斯的口吻获得与爱人、亲人、友人的和解,或者说,通过重构他人的命运而消解自己生命中的折磨与焦虑。洛威尔是历经了巨大的折磨、长期的坚忍而达到诗集《日复一日》(Day by Day, 1977)中的平静状态的。

三

诗集《生活研究》曾经开创了一个诗歌的流派——"自白派"(Confessionalism),洛威尔是其中的灵魂人物。他是这个流派中许多诗人的导师。1955年至1960年间，洛威尔在波士顿大学开设诗歌研讨班，班上先后有诗人西尔维娅·普拉斯、安妮·塞克斯顿和乔治·斯塔布克就读。"自白派"诗歌以极端的方式回到个人生活和内在世界，而正是普拉斯和塞克斯顿将这一诗学倾向推向了巅峰。

对于洛威尔来说，"自白派"不仅是一种诗歌策略，而且是生命经验的必然结果。他的躁郁症、出轨、苦闷和愧疚都需要找到一个安放的容器。诗集《为丽齐和哈丽特而作》就是如此一个容器。这个容器需要移除自己的面具，回归一个裸露的自我。只不过，洛威尔以其高超的技艺，善于将过度的激情收服在看似平静的语言形式中，于是，裸露的自我在语辞的对抗中又变得躲躲闪闪、难觅其踪。在自我的歧义里，洛威尔寻求对道德秩序和世俗逻辑的超越。《历史》中的无法被历史安慰和释放的苦痛与疑虑，在《为丽齐和哈丽特而作》中终于找到了赤裸混沌却富于自我辩解的形式。丽齐是第二任妻子伊丽莎白·哈德威克的昵称。哈丽特则是他们的女儿，出生于1957年1月4日。整本诗集中的诗句在对两个人的回忆之间来回摆动。《长命的人（哈丽特和伊丽莎白）》记录了温暖的时刻和甜美的声音：

> 我们聊天
> 如室友一般，彻夜至晨。你说，
> "当然，我希望你们两个都比我长命，
> 但是你和哈丽特可能像尚未
> 成熟到可以自主的国家。"

然而，洛威尔又以极为隐蔽的方式渴求变化、冒险和晕眩，渴求在激情中暂时地消除身体和精神的痛苦，在诗歌这块飞地上寻找戏剧性的自由状态。他的悲剧在于其悲剧永远无法成为崇高的神话，只有在永无止歇的书写中等候痛苦的突降。就像《亲爱的忧伤》结尾所揭示的：

> 是我们的神经和意识形态最先死去——
> 然后我们，被拨弄，被磨损，被用旧，被记住。
> 新的每一天，我抱着更加公正的视角，
> 竭尽全力，因此无所事事，
> 被我的第二杯烈酒点燃，悔恨。

另一部诗集《海豚》于 1974 年获得普利策奖。诗集中的"海豚"是哈德威克的化身。在这本诗集里，她升华为洛威尔的指路者，他的缪斯，那个对他吐着"剧痛的欢乐之水"的人。但她首先是一个女人，是必须切断网和锁链的自由主体。《美人鱼出现》写道：

> 做这，做那，什么都不做；你并未被链条
> 锁住。
> 我是女人，或者我是海豚，
> 人类唯一真正热爱的动物，
> 我把剧痛的欢乐之水吐在你脸上——
> 恶劣天气中的鱼，切断你的网和锁链。

洛威尔一直试图超越混沌、抵达清澈，然而，他的充满意外的想象、丰盈的词汇和精神上的动荡不安让他一直做不到伊丽莎白·毕肖普的清晰和坚定，而更接近于荷尔德林和哈特·克兰。然而，他需要一个毕肖普，来平衡自己的狂热。1947年，他与毕肖普相识，深为她的诗艺所折服，将她介绍给威廉·卡洛斯·威廉斯，带她去圣伊丽莎白医院看望埃兹拉·庞德。《水》是他模仿毕肖普诗风最逼真的一首诗：

> 这是缅因州的一个龙虾镇——
> 每天清晨，一船船的工人
> 启航，前往各岛上的
> 花岗岩采石场，
>
> 剩下几十幢萧瑟的
> 白色木造房子粘在
> 一座岩山上，
> 犹如一些牡蛎壳。

清晰的场景、准确的叙述，每一样事物似乎被照亮，焕发着明澈的光泽。然而，这是言不由衷的洛威尔。这样的诗风并未渗透洛威尔的大部分作品。毕肖普以近乎残忍的凝视逼近事物本身。洛威尔的旨趣则不在事物，而恰恰在自我。自我的揭示和释放让洛威尔找到了无处排解的潜能的出口。可想而知，这首诗随即就进入了梦境和幻想世界。

在《水》之前，洛威尔写过一首流传甚广的《臭鼬时光》。洛威尔在《论〈臭鼬时光〉》一文中坦承毕肖普给他的诗歌带来了转变："这首诗献给伊丽莎白·毕肖普，因为重读她的诗为我开启了一条道路，得以冲破我的旧模式的框架。她的节奏、用语、意象和诗节结构似乎都属于一个以后的世纪。《臭鼬时光》模仿了伊丽莎白·毕肖普的《犰狳》……《臭鼬时光》和《犰狳》都采用了短句诗节，开始于飘忽不定的状写，结束于一只孤单的动物。"在诗的末尾，我们可以看到这只动物：

我站在我们

后踏板顶部，吸入那浓烈的臭气——

一只母臭鼬带着一群幼崽在垃圾桶里大吃大喝。

它把楔形脑袋插入

一杯酸乳酪，垂下鸵鸟般的尾巴，

毫无畏惧。

　　向外的凝视同时是向内的窥测。到了《水》这里，洛威尔开始使用"灵魂"这个词："我们希望我们的两个灵魂/可以像海鸥一样回到/岩石。最终，/水对我们来说太冷了。"灵魂，或者准确地说，精神的内在空间才是洛威尔的凝视和观照之所。他的诗往往在密集事物的自由组合中展开和推进，并进入一个事物无从在光亮中显形的空间。他在《我们的来生》一诗中写过："我们是被抛入空中的事物/在飞行中活着……/我们的锈迹，那变色龙的颜色。"这种在空中飞行的无所着落、动荡不安的状态是他诗歌的根本状态。就像诗集《历史》中的那首《为伊丽莎白·毕肖普而作》所写的：

你可看见尺蠖在树叶上爬行，

> 紧抓末端,在空中旋转,
>
> 它在摸索着寻找什么又要触及什么?你
>
> 仍然让言辞悬在空中,十年
>
> 不曾完结,黏附在你的布告板上,带着
>
> 为不可想象的短语留出的缺口或者
>
> 空白——
>
> 漫不经心造就完美,这从无偏差的缪斯?

洛威尔理解的毕肖普仅仅是他自己眼中的毕肖普。事实上,"让言辞悬在空中"的并不是毕肖普,而是洛威尔本人。"漫不经心造就完美,这从无偏差的缪斯"仿佛是诗人的自况。他终其一生在语言、生命和想象世界里泅渡、漫游。他始终是"让言辞悬在空中"的"航渡者"。对生活、个人和经验的凝注与拷问则是对空中漂泊的必要补充和微妙平衡。他必须对经验和事物做出修改。这一癖性甚至蔓延到他的译诗集《模仿集》(Imitations,

1961)。他的翻译从不忠实于原作,而是肆意地进行改写和创造。沃尔科特在《论罗伯特·洛威尔》一文中这样看待洛威尔:"他是一个拥有极度的傲慢和狂热的谦逊的人。他软化身边的事物,模糊它们的轮廓,让日常生活变得短视,把政治制度视为穷途末路。历史栖居在他的神经中,不是作为一个主题,而是作为一种非理性的重复。"

如果说,毕肖普试图让事物留驻在诗里并获得坚定的形式,那么洛威尔则是让事物变形、回旋、飞升,最终超出自己身体和精神的沉重的负荷而获得片刻的轻盈。于是,在诗集《日复一日》的最后一首诗《结语》中,他如此对自己发问:

> 那些神圣的结构、情节和韵脚——
> 为什么此刻对我毫无助益?
> 我想要
> 想象出某种事物,而非去追忆?

> 我听到自己语声中的噪音：
> 画匠的眼力并非透镜，
> 它颤抖着爱抚光线。

希尼在《洛威尔的命令》中提到，北爱尔兰诗人迈克尔·朗利曾经区分过火成和沉积两种不同的诗歌组织模式。"火成是爆发式的，无迹可寻、迫不及待；而沉积是缓慢冷却的，反复堆叠、循序渐进。"据此，希尼做出了一个判断："如果存在一个名称，可以命名一种始于火成而终于沉积的过程，那么它就是一个适用于罗伯特·洛威尔诗歌的名称。作为诗人的洛威尔首先有着开启灼热原材料的强大本能，但随后他又会持续不断地用他那进行修改的智力的冷热气候去作用于它，有时甚至在诗作形诸书面以后仍是如此。"（穆青译）不过，洛威尔的写作并不死板地遵循这样一个有序的进程。事实上，他的诗作里充满火成与沉积两个书写行为的缠绕与交织。他的诗作几乎从未表现出清晰的沉积质地，相反，字里行间涌动的熔岩才是推动其诗行前进的主要力量，即便熔岩在受到修辞的规训后获得短暂的伪装。火成并非只是书写的动力机制，同时也是其诗作的内在结构。在他眼里，每一首诗都是一个事件。诗歌并非始于修辞的诱惑，而是源于自我深处难以抑制的精神的熔岩。沉积则是他忠于为诗歌赋形的技艺的必然结果，同时，只是一个暂时停顿的临界状态。

诗集《日复一日》出版前的一年，洛威尔与布莱克伍德分开，回到英国。在诗集出版后，他在哈佛大学教书，短居纽约，在缅因州与哈德威克一起度夏，去苏联旅行，到爱尔兰看望布莱克伍德和他们的儿子谢里丹。狂暴又渴求温和的人，极度自我分裂的人，最终是难以与世人和解的。洛威尔的晚年周旋于繁忙的教学和旅行，不定期出入医院，时常是独自一人。有一天，在从肯尼迪机场开往纽约寓所的出租车上,洛威尔死于心脏病发作,离开了这个自己与之搏斗数十年的世界,那一天是1977年9月12日。

在生命行将走向终点的时刻,洛威尔突然对诗歌产生了不信任,对切身事物感到难以把握。他在《结语》中追问:"全都不伦不类。/然而为何不说出已发生的一切?"终其一生,洛威尔是否在诗歌中说出了生活中的一切?他在生活与诗歌、自我与面具之间设置的距离被克服了吗?他怀着个人经验、历史记忆和精神痛苦进行的诗歌书写,最终真的抵达这个赋予他经验、记忆和痛苦的世界了吗?也许,他最终相信了,这个世界需要"颤抖着爱抚"?对于洛威尔这样拥有无限智力与热情的庞然大物,任何阐释都不可能精准。在《为谢里丹而作》一诗的结尾,他写道:

五十岁后,我们怀着惊异和一种

毁灭性的宽恕意识，懂得

我们想要的和失败的

绝不可能发生——

且必须做得更漂亮。

    他的诗歌就像世界一样丰盈开阔，像人的精神世界一样深邃复杂。他的诗无法在一个静止的点上获得终极意义，只有在无尽的流动中呈现出剧烈的诗意。他在不停的书写中建构了一个强大的自我装置，对世界持续不断地进行拆解、提炼、重构和命名。他痛苦，却不渴求救赎。他爱这个世界，却一再傲视。通过写作，他创造生活。作为诗人的洛威尔，是一名并不渴求终点又永不止歇的航渡者。

                    2019年3月14日，上海

    收录于罗伯特·洛威尔：《生活研究》

    湖南文艺出版社，2019年

从远方我们领来自己的血缘

如今离开吧,从所有这些纷乱里,

这纷乱属于又不属于我们,

这纷乱,如老井里的水,

把我们颤抖着倒映然后毁去那倒影;

离开所有这些吧,这些如用荆棘

依然再次将我们牵挂的——离开吧

　　　——里尔克《浪子离家》(陈宁译)

里尔克似乎一直在写"离开",离开故土,离开亲人,离开恋人,离开一切的"纷扰"。在他诗歌的中心,居住着一个孤独而敏感于危机的现代主义自我,集中体现于《秋日》中广为流传的句子:"谁这时没有房屋,就不必建筑,/谁这时孤独,就永远孤独。"(冯至译)孤独是一种告别的姿态。在里尔克这里,离别却并未带来虚无,离别是一个深渊,里面贮存着纯洁的爱。

在里尔克内心,出生地布拉格或久居的慕尼黑和巴黎都不是他的故乡,故乡并不存在于大地之上,他从生命体验的核心地带提炼故乡。他一直在大地上漂泊,在漂泊中形塑内心的故乡。在《时辰祈祷书》中,他向着上帝坦白:"我的感官,攸然倦怠,/没有故乡,与你隔绝。"(陈宁译)

就像在里尔克眼里,世界上的"事物"并非纠缠于日常生活之中的僵死的物品和客体,而是必须从生活中离析出来的晶体。事物环绕着我们,但并不吞没我们、俘获我们。事物是神秘的存在，是沉默的时光，是邈远的空间，是轻触感官的幽谧的经验：

> 诗是经验。为了作出一句诗，首先必须看过无数城市、人群和事物，必须熟识动物，谙知鸟怎样展翅飞翔，花怎样在凌晨开放。必须能够怀念那些遥远地区的路径，那些偶然的邂逅，那些无可回避的离别，那些仍然充满神秘的童年日子，那些不得不伤父母心的情况，当他们带给你一些不属于你、不能为你所了解的喜乐，那些突来的幼儿疾病，它们在体内引起深沉的变化，那些在寂寞的房间里度过的时辰，那些海畔的黎明、海本身和各种不同的海，那些激越的跟众星飞行的旅夜。——只是怀念这些还不够，必须学会保持回忆。回忆那些恋爱之夜，它们各各相异。回忆女人分娩时的叫喊

以及经日入睡逐渐收敛的产妇。必须和死者亲近过，在死者身畔陪坐，听断续的声响从开着的窗外传来。——只是回忆还不够。必须学会忘掉它们，当它们过量的时候。然后学会耐心等候它们返来。因为回忆还不是诗。只有当它们失去名称而和我们化为一体，变成我们的血液、视觉、姿势的时候，才可能在一个罕有的时刻，从它们中间，升起一句诗的第一个字。

（程抱一译）

这是里尔克《马尔特手记》中一段被无数次引用过的引文，我再一次引用它，是因为除了引用，我不可能用任何其他语言来超越这段文字。在这个意义上，我们却可以更好地理解里尔克的"物诗"（Dinggedicht）。他要在现代认知中拯救"物"的客体命运，让生命与物建立隐秘甚至神秘的联系，或者用波德莱尔的词来说，与出现在生命中的万事万物建立"通感"关系。里尔克缺少英美诗人观察事物的客观性认识和历史化视角,他忠实于事物的可能性与晦暗性。他的诗不具备毕晓普、希尼、沃尔科特观察事物时所炫耀的手术刀般的精准,也不具备布罗茨基、米沃什等诗人理解时代时所流溢出来的开阔的历史视野。他认为"歌唱,即存在"(Gesang ist Dasein)。

里尔克是一名逐步成长的诗人,从他早年的几部诗集中,我们并不能看出多少大师气象,这些早期作品甚至显得十分平庸,我们很难想象他后来能写出《杜伊诺哀歌》之类富有晚期风格的杰作。他也是一名高产的诗人,他生前的诗集出过十余本,另有大量的未刊诗集、逸诗、遗稿,其诗全集译成中文有十卷之巨。尽管卷帙浩繁,我们却可以清晰地感受到里尔克一直在用生命和诗作苦苦追索的东西,即"爱"。

里尔克在与女人的爱恋中学习了如何面对疏

离，如何处理失败，如何与高远的事物相处，尤其是与莎乐美的爱恋，还有与女画家保拉·贝克尔短暂相逢、倾慕和离别（1900）。1908年，里尔克在为近一年前死于因分娩而引起的血栓的保拉·贝克尔写下了一首《安魂曲》，其中有这样的句子："不要拿走那些我慢慢学会的东西。"那么，他慢慢学到了什么？他随后写道："一分爱的自由并不增加/在我们自身所获的全部自由周围。/我们，我们爱的时候，拥有的其实只是/彼此分离；执手相握，于我们而言，/轻而易举，无须首先学习。"（陈宁译）首先要学习的并非去握住彼此颤抖的手，而是要学习"爱"与"分离"的关系。在长诗临近结尾的地方，里尔克写下了这个影响深远的句子："因为在某处，在生活与伟大的作品之间，/存在着一种古老的敌意。""古老的敌意"并不带来紧张乃至暴力，而是一种处于距离之中的亲密。在敌意中去爱，或者说，在疏离中去爱，这是里尔克诗歌特有

的质地。1904年5月14日,里尔克写信给青年诗人卡卜斯,以一种大师般的口吻谈论起了爱:

> 爱的要义并不是什么倾心、献身、与第二者结合(那该是怎样的一个结合呢,如果是一种不明了,无所成就、不关重要的结合?),它对于个人是一种崇高的动力,去成熟,在自身内有所完成,去完成一个世界,是为了另一个人完成一个自己的世界,这对于他是一个巨大的、不让步的要求,把他选择出来,向广远召唤。(冯至译)

里尔克敏感于现代的精神危机,但是,他又从不沉溺于危机,他力图从中解脱出来,走向内省的启示。这一切源于里尔克对于整体的强大无比的感受力,比他大十四岁的恋人莎乐美在《莱纳·玛丽娅·里尔克》(王绪梅译)这本小册子中曾经写过,里尔克身上存在着"另一个人",这其中难以调和的紧张让里尔克产生了"无助的愤怒"。然而"他(里尔克)创作的渴望和认知的精神一再地出现阻碍,但是它们在他的身上是统一的,是一种想要聚合——不想成为其他任何形式——的人类精神,而且在每一个时刻都证明了这种聚合"。里尔克既要离开,又要回归。在离开中,达成深刻的回归。只要我们记起他的墓志铭,就能理解他对于世界、爱欲和安宁的态度:"玫瑰,呵,纯粹的矛盾,情欲, /成为无人的安眠, /在这么多眼睑下。"(胡桑译)里尔克自始至终凝注于"纯粹的矛盾",他的宁静的沉思之中给不安留出了位置,他并不在某一刻终极地解决生命中的不安。他笔下的词语总是携带着另一个词的阴影,携带着无名的、沉默的阴影。他在《献给俄耳甫斯的十四行诗》中写过:"痛苦未曾被了解,爱/未曾被学成,因死亡/而远离了我们的//始终未曾透露秘密。"(程抱一译)

里尔克所爱的是那个可能的人，他所苦苦求索的是那可能的存在。本雅明在1913年8月4日一封书信中曾经谈到里尔克，随后开始阐述："最深邃的孤独，是一个与理式（Idee）处于联系之中的理想的人所具有的孤独，理式摧毁了他身上的人类事物。我们只有在一个完美的共同体中才能期待这种孤独，这更为深邃的孤独。"即便不清楚本雅明在这里所谓的"理式"为何物，我们也能理解"孤独"需要的是孤独之外的另一种形式作为依伴，无论那是共同体，还是一个可能的人，一个酝酿中的人，一个正在生成的人，一个涌现的人。里尔克在《杜伊诺哀歌》中写下过许多关于爱的诗句，其中有一句是这样的："我们爱在心中的，不是一个，一个未来的，而是/不计其数的酝酿中的。"（陈宁译）

1926年5月3日，里尔克送给茨维塔耶娃两本诗集《杜伊诺哀歌》和《献给俄耳甫斯的十四行诗》，在《杜伊诺哀歌》的扉页上，里尔克写下了四行诗，这是前两行：

我们彼此相触。以什么？用翅膀。

从远方我们领来自己的血缘。

（刘文飞译）

2016 年 4 月

刊于《北京日报》2016 年 4 月 21 日

初名《里尔克：从远方我们领来自己的血缘》

·

在清晨醒来

  一个人的生命是在对技艺的获得中展开的。在生命的展开中，力求完满，这是人的宿命。人人各异的能力塑造不同的完美，这似乎也是宿命。能力，却可以在人身上获得、发展和改变，这大概是对宿命的抵抗。亚里士多德在《尼各马可伦理学》开篇就说："每种技艺和研究，同样地，人的每种实践与选择，都以某种善为目的。"他所谓的

"善"指向人性的完满或幸福（εὐδαιμονία）。在亚里士多德看来，人有三种生活：动物般的享乐生活，具有政治性的共同体生活，追寻自由的沉思生活。只是，一旦求索人性完满的技艺蜕变为单纯的知识甚至技术，人的三种生活都会变形、扭曲甚至反过来对人进行奴役，人存在于世的意义就会被悬置以至于枯竭。这么看来，在技术昌盛转而奴役人的时代，诗人转入对自然的书写，并非只是受到了田园牧歌的诱惑，而是对人的未来在进行积极的选择和想象。玛丽·奥利弗就是这样一个诗人，和弗罗斯特、加里·施耐德、露易丝·格利克一样，她是在寻求别样道路的诗人。

奥利弗自美国北部的俄亥俄州。她特别爱书写家乡——俄亥俄州的一个小镇枫树岭（Maple Heights）。俄亥俄州的另一个小镇在文学史上人尽皆知，那就是舍伍德·安德森笔下的温士堡，关于这个小镇，他写过一本同名短篇小说集《温士堡，俄亥俄州》，在汉语世界，我们也译作《小城畸人》。奥利弗是在俄亥俄州的自然和乡野中长大的，她童年的家附近有一片树林。自然慢慢发展为她写作中最大的主题，正如美国女诗人露西尔·克利夫顿所说的："她用自然世界去照亮整个世界。"她的诗仿佛是穿越自然的一次次旅行，对人世则往往投去轻轻的一瞥。1992年，她在与斯蒂文·拉蒂纳的访谈里这么看待童年生活："很田园，很美好，那是一个扩展了的家庭。我不知道为何对自然世界如此亲近，除了它对我来说是可以得到的生活，这是最初的事情。它就在那里。不管出于什么原因，我感觉到那些最初的重要联系，那些最初的体验是与自然世界而不是与社会世界建立起来的。"到了2011年，她在与玛利亚·施赖弗的访谈中，她坦诚自己的童年十分艰难，家里的生活十分混乱。她年幼时甚至遭遇过性侵。写诗就是构筑一个属于自己的世界，用以抵抗充满恶意的社会空间。她 14 岁时，开始写诗，这让她找到了自己的道路，她用词语穿越坚硬、冷漠、封闭的墙壁。

1953 年，中学毕业后，她拜访了女诗人米莱的故居。米莱获得过 1923 年的普利策奖，她的旧居叫做"尖塔顶"（Steepletop），位于纽约州哥伦比亚县的奥斯特利茨小镇郊外，她在这里度过了生命中的最后 25 年。奥利弗来到旧居时，米莱才去世两三年。她迅速与米莱的妹妹诺玛建立起友谊，并且成为诺玛的秘书，在米莱故居工作了六七年，编辑米莱的文稿。这段经历让她进一步接近美国现代诗的传统。1963 年，她 28 岁，出版了第一本诗集《不要远航》。1984 年，她凭借第五本诗集《美国始源》获得了普利策奖。这本诗集出版于前一年，在《1983 年美国文学大事记》里这么评价："……呈现了一种新的浪漫主义，拒绝承认自然与观察自我之间的界限。"

米莱先是就读于俄亥俄州立大学，随后去了纽约州的瓦萨学院。但是，她在两个大学均为肄业。1962年，她前往伦敦，任职于莎士比亚剧场等。后来回到美国，她没有选择在纽约这样的大城市生活，而是住到了马萨诸塞州南部一个弯钩状半岛，叫做鳕鱼角（Cape Cod），也译作科德角。这里位于美国东海岸，人口不多，面朝大海。布罗茨基写过一首长诗《鳕鱼角摇篮曲》。诺曼·梅勒的小说《硬汉不跳舞》也将背景设置在这里。

奥利弗在这座半岛上生活了大约半个世纪，可以说是度过了她生命的一大半。她诗中出现的大海、植物、动物，许多来自于这个半岛。她住在这个半岛的尽头，一个名叫普罗温斯敦的小镇，这里是避暑圣地，也是一个闻名全美的同性恋小镇。这个小镇对她来说特别重要，她与同性恋人——摄影师库克就住在这里，她很多诗歌的背景就设置在这里。他们在1950年代末相识于米莱旧居，随后就一直生活在一起。 1992年，奥利弗在国家图书奖感言中说道:"她(库克)是我的生命之光。" 2005年,库克去世之后,奥利弗就离开了这个地方,她大概觉得这是一个幸福之地,也是伤心之地。她去了弗罗里达半岛,大部分时间都生活在弗罗里达的霍布桑德。两年后,她出版了《我们的世界》,里面有她的日记、回忆文章和诗,配有库克的摄影作品。她在书中写道:库克教会她"去看","带着深挖细究的同情"。2012年,她罹患肺癌。2019年9月10日,奥利弗在弗罗里达家中死于淋巴瘤。她写过一首诗《死亡到来时》:

结束时,我想说终其一生

我是新娘嫁给了惊异。

我是新郎,将世界拥入怀中。

(胡桑 译)

没错,奥利弗的一生简单朴素,但她从不缺少对于世界的惊异和爱。她很少远途旅行,她在自己的散文集《溯流》里说过,她很少去欧洲,依靠词语来想象欧洲,尽管她热爱欧洲文化和文学。她只在 1962 年去过伦敦。她曾去东南亚旅行,到过新加坡、印度尼西亚。1990 年,她出过一本诗集名叫《光之屋》,诗中记录了她在东南亚旅行的一些感受。她的诗歌单纯简易,并不繁复艰涩,语调平和,从不佯嗔薄怒或欢愉雀跃。这可能源于生活的不复杂,因为不复杂,她并不纠缠于字词。而另一位鳕鱼角的诗人——布罗茨基,在《鳕鱼角摇篮曲》中开头第一句就写道"帝国的东部潜入了黑夜"(常晖译),这是一句非常开阔的诗。"帝国"与"黑夜"出现在同一行诗里,社会与自然、历史与现实、权力和自由奇异地交织在一起。而奥利弗的风格则是减法,至少要减去社会和历史的重负。她曾在《诗歌手册》里告诫诗人:"一个忠告:有些诗歌堆砌了有趣的、美丽的诗行——隐喻叠加隐喻——细节连着细节。这些诗歌以这样或那样的方式滑行，但它们从不表达什么，它们只是重复了两三次。显然，它们是非常聪明的诗。然而，在那样的诗歌中，步调被遗忘了——开头和结尾之间的能量，流动感、运动和完整性都被遗忘了。最后，它耀眼的光芒所携带的沉重分量拖垮了它。在口袋中保留一点隐喻的光芒，让诗歌不受过分的干扰继续向前流动，这样更明智。因此删减是修订的重要部分。"正如她在诗作《为何我早早醒来》中写的：

> 最好的传教士，
> 可爱的星，正是你
> 在宇宙中的存在，
> 使我们远离永恒的黑暗，
> 用温暖的抚触安慰我们，
> 用光之手拥抱我们——
> 早上好，早上好，早上好。

瞧，此刻，我将开始新的一天，
满怀幸福和感恩

不管怎么说，单纯的生活和生命体验给予她浓郁而澄澈的诗意，在其中，她发现了世界的秘密。她写过一首诗叫《相遇》（Encounter），书写与她生活中的事物相遇的一个瞬间，这个事物就是"棕色小老鼠"，在诗里，她举起它冰凉柔软的身体，又放下。她写道：

一年多过去了。
"可怜的家伙，"我可能会说，
但那有什么用。
它体内的钟坏了。
至于仪式，
树叶已经旋转

过来,风开口说话。

(胡桑 译)

奥利弗经常写自然事物:河流、山川、水潭,尤其是写到:豆子、猪牙花、麒麟草、松树林、雏菊,还有动物:鹿、雪雁、海雀、熊、黄足鹬等。事物,尤其是自然事物,在她手上、目光里、感受里、语言里成为神秘甚至超验的存在,自然事物的节奏在词语中律动,并让我们成为有限的存在,让人类必须敞开自己的感受和体验,才能意识到自己的不足。在她的诗中,树叶和风在行动,在言语,取代了人的主体性。她的诗歌拒绝知识凌驾于生命。在《智者说,有些事物》这首诗的开头,她写道:

> 无所不知的智者说,有些事物
> 并没有生命。我说,

> 你按你的方式生活,别管我。

智者的世界和生命的世界之间并非截然对立,奥利弗只是想通过这一对立来解放生命的潜能。或者说,对立本身只是一个修辞。她关心的是生命、情感、生活和诗歌的自由。她在《诗歌手册》里说过:"当然,诗歌必须在情感的自由状态里写就。此外,诗歌不是语言,而是语言的内容。然而,诗歌怎么可以是与诗人流动的、呼吸着的身体隔绝的内容?"她的诗歌写作忠实于日常生活,尤其听从自然和生命的召唤,沉浸于那个与自然世界一起律动的身体。她的诗总是试图从我们的社会生活尤其是当代消费生活中撤离出来,比如这首《北俄亥俄州最大的购物中心所在之处曾是一个池塘,每个夏天的下午我都会造访》:

> 因为爱着地球,看到它的遭遇,

我变得尖锐,变得冷漠。

延龄草去了哪里,款冬去了哪里?
睡莲又在何处继续
它们朴素的、分文无有的生命,扬着
它们金色的脸庞?

很难相信我们真的需要
这个世界希望我们购买的那么多东西。
我拥有的衣服、灯、碟子和纸夹
远远超过了我在有生之年所必需的。

哦,我宁愿住进一所空荡荡的房子,
藤蔓为墙,青草为毯。
没有木板,没有塑料,没有玻璃纤维。

我想有一天我会。

> 我将躺下，衰老，冰冷，摆脱了
>
> 所有这些买与卖，只有
>
> 美丽的泥土在我心间。

这样的诗似乎有一次形成对立：自然与社会的对立。但在这里不会引起我们的反感。因为这首诗的内核是宁静的、非表演性的。她的诗歌与巴黎、纽约的现代主义诗歌截然不同。超现实主义和纽约派的诗意来自于现代都市生活中碎片、意外、偶然和瞬间。正如本雅明看到的，超现实主义对碎片生活的忠诚走向了语言本身：

> 只有当每个人的清醒与沉睡之间的界限被抹除，生活才值得去过，此时，大量的影像如潮水般反复涌现。语言就像是其自身，唯在语言中，声音与影像，影像与声音，以自动的精确如此巧妙地相互渗透，根本找不到被称为

"意义"的自动贩卖机的裂缝。

——本雅明《超现实主义》(胡桑译)

超现实主义的语言追求"声音和影像",尤其是都市现代性催生出来的急速流转的声音和影像。而奥利弗试图追寻语言的内容,要去在语言中安放存在的意义。这样的意义追问,让她的诗歌与欧洲文学传统之间建立起深厚的联系,同时也建立起与自然的联系。意义要求诗人去理解世界和万物,就像《雏菊》的第一节:

> 我猜,这是可能的,我们
> 迟早要学会
> 我们必须了解的一切:例如,世界是什么,
> 有何意义。夏天,当我从一片田野
> 走向另一片田野时,我想到了这点,而
> 嘲笑鸟正在嘲笑我,仿佛它是一只

> 要么很博学，要么真正懂得了
> 知足常乐的鸟。歌声源于探索，
> 他明白：假如他突然受到反驳，
> 就必须沉默。可是，没有反驳。

诗歌源于对世界意义的探索。《雪鹅》就是一首关于意义追问的诗。奥利弗自认为，她的诗来自欧洲的雪莱和华兹华斯等人的浪漫派传统。他们要和极端的理性主义划清界限，不再亦步亦趋地追随社会生活、现实、历史和法则，而是走到我们内心深处幽暗的、不可解的角落。这里的"幽暗"对应着外面那个深邃的、充满意外的自然，以区别于人为建构起的秩序井然的理性现实。理性如果是一道光，那么，奥利弗拒绝这道光照亮人的内心世界，让内心自然地起伏，或者让内心与自然一同起伏。

在《雪鹅》中，我们还能看到她与美国浪漫派——超验主义之间的潜在联系。超验主义不同于单纯的田园牧歌式写作,而是要在自然中寻找事物内在的超越的灵魂。比如梭罗,回归到自然,回到超验的内在,并写出了《瓦尔登湖》,他并不是在自然中享乐,而是要安置一个灵魂,找到一种存在的方式和道路。同样,《雪鹅》这首诗不只是一首关于自然、田园的诗,它积极回应着、沉思着自然事物中那个神秘的灵魂,就像诗作的结尾:

我仿佛透过纱幔
　看见了他们,神秘,欢乐,清晰

神秘,欢乐,清晰,三个形容词的并置,揭示了超验灵魂的三个维度,也呈现出奥利弗诗歌写作的三个面向。这首诗还让我们想到爱尔兰诗人叶芝。叶芝有几首诗都是写天鹅的,其中一首叫做《柯尔庄园的天鹅》,写到了五十九只天鹅在秋日黄昏的流水中浮游,突然间,它们飞走消失了,这一瞬间让诗人领受到了世界的不可预测、难以把握，仿佛由一种超验的力量在掌控着。在诗的结尾，叶芝追问：

> 它们在静寂的水上浮游，
>
> 何等的神秘和美丽！
>
> 有一天醒来，它们已飞去，
>
> 在哪个芦苇丛筑居？
>
> 哪一个池边，哪一个湖滨，
>
> 取悦于人们的眼睛？
>
> （袁可嘉　译）

叶芝也使用了"神秘"这个词。但与之并置的是"美丽"。神秘和美丽本身却引起了叶芝诸多难以解答的疑惑。自然事物神秘地移动，并不处在人的力量之中。奥利弗却从神秘中看到了"欢乐"的"清晰"。奥利弗诗中的神秘主义气息更加微弱。

她的诗比叶芝的更为简洁、清澈、稳定。奥利弗这首诗的结构上与《柯尔庄园的野天鹅》之间有着类似之处。刚开始她听到一种声音:

> 某个秋日,我听见
> 　　头顶,刺骨的风之上,有一种
> 陌生的声音,我的目光投向天空

她将叶芝的视觉转移到听觉中。还有,雪鹅飞行的声音让她感受到"喜悦",这种情感也是叶芝诗歌中没有的:

> 如同一根火柴,被点燃,发出亮光,
> 但并不像通常那样
> 带来伤害,而是带来喜悦

"喜悦"源于爱。奥利弗的诗一直盈满着对于世界的朴素的爱。这就是诗歌的第一行所写的:"哦,去爱那可爱的,无法长久的事物!""无法长久"指明了事物的有限性,也揭示了人与事物相遇的随机性和短暂性。人们与自然事物匆匆相遇,然后只能接受告别和空白。庞德的诗作《在地铁站》里,同样写到了现代生活中匆匆相遇又迅速消失的经验:"人群中这些面孔幽灵般显现;湿漉漉的黑枝条上朵朵花瓣。"(杜运燮译)但奥利弗将这种转瞬即逝的、偶然性的经验转移到自然领域。

最终,诗人在"可爱的、无法长久的"雪鹅身上发现了"神秘、欢乐、清晰"的气息。叶芝的赫尔墨斯主义和玫瑰十字主义告诉我们,自然的神秘源于上帝的隐秘存在,而在奥利弗的《雪鹅》中,自然本身就携带着神秘信息。奥利弗写的并不是现代都市的晦暗幽秘的瞬间经验,而是我们人与自然相遇时,那种喜悦的、不可捕捉的经验,这种经验是她的诗之所以动人的非常核心的部分。奥利弗笔下的自然最终往往是非实体性,甚至是不可能的,正如在《这个早晨我看见鹿》这首诗中,她让一群鹿最终"进入不可能存在的树林"。

奥利弗的自然经验与中国古典诗歌之间到底有没有联系?她一首诗叫做《中国古代诗人》:

> 无论去往何处,世界跟随着我。
> 它带给我忙碌。它不相信
> 我不需要。现在我理解了
> 中国古代诗人为何要遁入山间,
> 走得那么远,那么高,一直走进苍白的云雾。

从这里难以看到她对道家、佛教的核心精神的深入理解。对自然之象或相的观想活动没有在她的诗里展开,也未形成一种积极的内外双重运动,即,在观看外在世界之象的同时,在内在世界通过"心眼"的"造像"进行内在的想象和观看。她笔下的自然与社会相对立,是为了抵消社会生活的时间强度和行动密度。她的自然观念是在对现代性的敌意中建立起来的。但是,这并不妨碍东方宗教让她获得了看待自然的方式,比如她在《蟾蜍》最后两节写道:

> 我谈论着世界在我看来是什么样的,五英尺高,蓝色的天环绕着我头顶。我说,蟾蜍就在那里,与尘土亲密无间,我想知道世界在它眼里是什么样的。

> 他可能是佛陀——纹丝不动,不眨眼,也不皱眉,也没有一滴泪从那双金边眼睛里落下,当语言中提炼出的痛苦掠过它心头。
>
> (胡桑译)

诗集《我为何早早醒来》(Why I Wake Early,中文版名为《去爱那可爱的事物》)出版于 2004 年。开篇诗作《我为何早早醒来》可以代表整部诗集的核心追求。诗歌起始于问候——你好(hello)。紧接着,通过"脸上的阳光"(sun in my face),传达出对时刻、瞬间的接纳和领悟,对事物的开启和创造的思考:

> 你好,我脸上的阳光。
> 你好,早晨的创造者,
> 你将它铺展在田野,
> 铺展在郁金香
> 和低垂的牵牛花的脸庞,
> 铺展在
> 悲哀和想入非非的窗口——

在诗的结尾又出现了两个词——幸福和感恩。"瞧,此刻，我将开始新的一天，/满怀幸福和感恩。"时间的开启和创造最终指向完满的幸福，而幸福无疑源于对造物主的感恩。"阳光"（sun）是"光"（light）的一种。而"光"是基督教传统里的隐喻。"光"可以说是上帝创世的第一个事物——《旧约·创世记》第一章第三节写道："上帝说要有光，于是就有了光。"这两个分句之间没有任何过渡性的阐释，言语（"说"）与创造的结果（"有了"）之间没有任何衔接、过渡和引述，而是一大片空白，这空白既是神学的任务，也是"诗"的任务，它揭示了世界诞生时那一瞬间的神秘。

奥利弗诗歌中一直有着对超验世界的敬畏。"光"对奥利弗来说是非常重要的事物。她在1990年出版了一本诗集，就叫做《光之屋》。整个屋子充满了光，也就充满了幸福，一种超验的幸福。《我为何早早醒来》第二节里追寻了"光"的超验来源：

最好的传教士,

可爱的星,正是你

在宇宙中的存在,

使我们远离永恒的黑暗,

用温暖的抚触安慰我们,

用光之手拥抱我们——

早上好,早上好,早上好。

结尾一行具有强烈的仪式感,仿佛诗人和自然事物之间不是随随便便的一瞥,而是犹如上帝在创世时投下的凝视。诗人接连说出三个词——"早上好"(good morning),这是朴素的日常语言,但已经脱离了日常语义,进入面对自然时的敬畏的瞬间。于是,在这个仪式之后,一天才真正开始。也许我们在尘世中受生活奴役,浑浑噩噩,操劳度日,并没有真正去开启每一天。时间的开启是精神世界的打开和醒来。我们需要在每一天清晨真正醒来,让那觉醒的风吹拂明亮的日子。让时间展开，让日子栖居在我们的生命里。正如弗罗斯特在《林间空地》中写的：

> 哦，寂寂温和的十月清晨，
>
> 让今天的时光慢慢展开。
>
> 让今天对我们显得不那么短暂。
>
> （杨铁军　译）

2018 年 4 月

2020 年 10 月改

图书在版编目（CIP）数据

始于一次分神：世界文学时代的阅读与写作/胡桑著.
-- 上海：上海文艺出版社，2021
ISBN 978-7-5321-7934-3
Ⅰ.①始… Ⅱ.①胡… Ⅲ.①世界文学－文学评论－文集 Ⅳ.①I106-53
中国版本图书馆CIP数据核字(2021)第081987号

发 行 人：毕　胜
策　　划：李伟长
责任编辑：胡曦露
封面设计：钱　祯
封面插画：施晓颉×公号：痴吃喵

书　　名：始于一次分神：世界文学时代的阅读与写作
作　　者：胡　桑
出　　版：上海世纪出版集团　上海文艺出版社
地　　址：上海市绍兴路7号　200020
发　　行：上海文艺出版社发行中心
　　　　　上海市绍兴路50号　200020　www.ewen.co
印　　刷：杭州锦鸿数码印刷有限公司
开　　本：787×1092　1/32
印　　张：8.875
插　　页：5
字　　数：106,000
印　　次：2021年8月第1版　2021年8月第1次印刷
Ｉ Ｓ Ｂ Ｎ：978-7-5321-7934-3/Ⅰ·6292
定　　价：48.00元
告 读 者：如发现本书有质量问题请与印刷厂质量科联系　T：0512-52605406